外国文学
经典阅读丛书

法国文学经典

高龙芭

gaolongba

〔法〕梅里美 / 著

戴望舒 / 译

百花洲文艺出版社
BAIHUAZHOU LITERATURE AND ART PRESS

一

Pe far la to vendetta,

Sta sigtur', Vasta anche ella.

Jocero du Niolo.①

一八一×年十月上旬，陆军上校托马斯·奈维尔爵士，一个英国军队中的著名的爱尔兰军官，从意大利旅行回来，挈了他的爱女，投宿在马赛的波伏旅馆。热心的旅行家对游览地的不尽的景仰已惹起了一种反动，为了要显得自己卓尔不群，今日的许多旅行家都拿何拉斯的诗句 nil admirari② 来奉为圭臬。这位上校的独养女李迭亚姑娘便是后面这一类不满意的旅行家之一。《变容》③ 在她看来是很平凡的，而冒着烟的威苏维火山④，在她看来比伯明罕⑤的工厂的烟突也只高明得有限。总之，她对于意大利的大反感，便是它缺少地方色彩和特点。所谓地方色彩和特点，这些字眼的意义，几年之前我还很懂得，现在却不懂了。读者，你自己去解释吧。起初，李迭亚姑娘自诩，她

---

① 意大利语，意为："须要不屈不挠地实行你的复仇，它也是巨大的。"——译者

② 何拉斯（Quintus Horatius Flaccus），罗马大诗人，生于纪元前六十五年，死于纪元前八年。nil asmirari 见所作《韵文尺牍》（Epistulae），其全文为：

Nil admirari prope res est una,Numici,Solaque quae pcssit facere et beatum.

意为：唯一的事情就是并不对于什么东西觉得惊奇，奴密西昜思，这才能够使人快活而且常常快活。——译者（何拉斯，今一般译作贺拉斯）；《韵文尺牍》今一般译作"诗体《书简》"。——编者

③ 《变容》为拉斐尔未完成的名画，今在教王厅画馆。——译者

④ Vesuvio，今一般译维苏威火山。欧洲大陆唯一的活火山，在意大利南部。公元七十九年的一次大爆发，把附近庞贝等三座城镇全部淹没。——编者

⑤ 伯明罕（Birmingham）今一般译伯明翰，英国第二大城，著名工业城市。——编者

将在阿尔卑斯山的彼方发现前人所未见过的东西，那些东西，正如茹尔丹先生所谓，是可以和"有礼貌的人"谈谈的[1]。可是后来，因为到处都被她的同乡占了先，因为没有碰到什么未经发现过的东西而大失所望，她便投到反对的一派中去了。一讲到意大利的胜迹，就有人对你说："你想必总看见过某某地方某某宫里那幅拉斐尔[2]的名画吧？那真是意大利最珍美的东西啊。"这是很不舒服的。——这恰巧是你所忽略了没有看的东西！因为如果什么都要看，实在是太费时候了，所以最简单的办法就是打定主意，把什么都批评得一文不值。

在波伏旅馆里，李迭亚姑娘碰到了一件很没趣的事情。她曾经带回来一帧美丽的画稿，画的是她以为被画家们忘却了的赛格尼城门，那是一种贝拉斯季式或西克洛贝式的建筑。可是在马赛，她碰到了弗兰西思·方唯虚夫人。她拿她的手册给李迭亚姑娘看：在手册里，在一首十四行诗和一朵压干了的花之间，竟赫然地显现着那城门的用赭色辉煌地摹出来的图样。于是李迭亚姑娘将自己那帧画给了侍女，对于贝拉斯季式的建筑从此失去了一切景仰。

奈维尔上校也分担着这种郁郁不乐的心情，因为自从妻子去世以后，他什么都是以女儿的意志为意志的。在他看来，意大利使他的女儿烦恼是大大的不该，因此，意大利便是全世界最讨厌的地方。其实，他对于那些绘画和雕像也找不出什么错处；但是他能肯定，在这个地方打猎实在是太糟了，为了猎取几只不值一文的红鹧鸪，他竟要在罗马郊外的烈日之

---

① 茹尔丹先生（M·Jourdin），是莫里艾（Molière）著名五幕喜剧《乡绅》（Bourg ois Gentilhomme）中之主要人物，他是一个拼命想往上流的，"说了三十年散文而自己还不知道是在说散文的"暴发户。——译者（莫里艾，今一般译莫里哀，1622—1673，法国喜剧作家，戏剧活动家。《乡绅》今一般译《贵人迷》。——编者）
② 拉斐尔（Raffaello Sanzio，1483—1520），意大利文艺复兴盛期的著名画家，建筑师。——编者

下跑上二三十英里路。

到马赛的翌日，他请了爱里斯上尉来吃饭。爱里斯上尉是他从前的副官，刚在高尔斯[①]住了六星期回来。那位上尉给李迭亚姑娘活现地讲了一个强盗的故事，这故事的好处是绝对不和人们在从罗马到拿波里[②]的路上常常讲起的盗贼故事类同。饭后用点心的时候，只剩下了两位老朋友对着鲍尔陀的葡萄酒瓶，高谈着打猎的事情。于是上校才知道高尔斯对于狩猎是最好的场所，禽兽种类最多，且数量最丰富。"那里有许多的野猪，"爱里斯上尉说，"可是你必须把野猪和家猪分个明白，因为它们是很相像的；如果你打死了家猪，你便要和牧猪奴大起纠葛。他们会全身武装着，从他们称之为'草莽'的密树间走将出来，要你赔偿他们的牲口，还要讥笑你。那里还有一种野羊，那是一种别地方找不出来的奇怪的动物，有名的猎品，可是不容易猎得。此外如鹿、斑鹿、雉鸡、鹧鸪等等，各种各样的野味在高尔斯遍地皆是，数也数不清楚。如果你欢喜打猎，上校，到高尔斯去吧；在那里，正如我的一位寄寓主人所说，你可以猎取一切猎品：从画眉鸟以至于人。"

在喝茶的时候，那位上尉又讲了一个"迁怒复仇"[③]的故事，比以前那个更奇怪，使李迭亚姑娘听了觉得十分有趣。他对她描摹着那个地方奇异野蛮的光景，居民独特的性格，他们待客的殷勤和他们原始的风俗，引起了她对于高尔斯的热情。最后，他赠了一把漂亮的小短刀给她，它的式样和它的铜护

---

① 高尔斯（Corsica,Corse），今一般译科西嘉，法国东南地中海中的岛屿，法国的一省。山地为主。——编著

② 拿波里（Napoli），今一般依英译名 Naples 译作那不勒斯，意大利著名港市，海军基地，游览名城，在维苏威火山山麓，第勒尼安海岸。——编著

③ "迁怒复仇"（vendette transversale），这是一种加到仇主的近亲或远亲身上去的复仇。——作者原注

手并不怎样特别，可是它的来历不凡。一个著名的强盗把它送给了爱里斯上尉，对他说，它曾刺进四个人的身体。李迭亚姑娘把它插在腰带里，放在床头小案上，临睡前还抽出鞘来把玩了两次。另一方面，上校则梦见打死了一头羚羊，那头羚羊是有主人的，他很情愿地赔偿了主人一注钱，因为那是一头很奇怪的动物，像是一只野猪，生着一对鹿角和一根雉鸡的尾巴。

"爱里斯对我讲，在高尔斯打猎真不错，"上校在和女儿面对面吃早饭的时候说，"如果路不很远，我倒很想去那里住半个月。"

"好呀！"李迭亚小姐回答，"我们为什么不到高尔斯去呢？在你打猎的时候，我可以画图画；爱里斯上尉说起过拿破仑①在儿时常去读书的山洞②，如果在我的手册中，能有一幅那一类的画，我会十分高兴呢。"

上校所表露出来的愿望得到女儿的赞同，恐怕还是第一次呢。他得到了这意外的同意，心里很高兴，可是他却偏要闹点把戏，提出些反对的话来，这越发逗起了李迭亚姑娘的兴致。他徒然地说着那个地方的野蛮和女子在那里旅行的困难：她什么也不怕；她尤其是欢喜骑马旅行；她高兴露宿；她甚至恐吓说要到小亚细亚去。总之，她对于一切问题都有回答，因为从来没有一个英国女子到过高尔斯，所以她非到那里去不可。将来回到了圣杰麦斯广场，把她的手册拿出来给人看，那是多么快乐啊！"好人儿，你为什么画了这张有趣的

---

① 拿破仑，即拿破仑·波拿巴（Napoléon Bonaparte，1796—1821），法国资产阶级政治家和军事家，法兰西第一帝国和百日皇朝皇帝。生于科西嘉岛阿雅克修城的一个没落贵族家庭。——编者
② 在阿约修（Ajaccio）的 Place du Casone 的丛岩中。传说拿破仑时常到那里去默想和读书。但这恐怕也只是一种传说罢了。因为拿破仑在十岁的时候就离开了高尔斯岛，而且那个洞的所在地那时也是属于教会，并不开放的。——译者

素描啊？""哦！算不了什么。这是我给那做我们领路人的高尔斯著名强盗画的一张画稿。""什么！你到过高尔斯？……"

在法兰西和高尔斯之间那时还没有轮船，他们便去打听可有什么帆船将要开到奈维尔姑娘想在那儿有所发现的岛上去。当天上校就写信到巴黎去，退掉了他订好的住处，又和一只将航行到阿约修①去的帆船的老板，一个高尔斯人②讲好了价钱。船上有两间房间，不算坏，但也说不上好。人们在把粮食装上船去；老板担保说他的一个水手是出色的厨子，蒸鱼是其独一无二的拿手好菜；老板答应小姐，说她会很舒适，会一路风平浪静。

依着女儿的意志，上校便同船长约定，不得搭别的任何旅客，而且还要他沿着岛的岸边行驶，使他们可以玩赏山景。

---

① 今一般译阿雅克修，科西嘉岛首府，在西海岸中部。——编者
② 高尔斯人（Corses），今一般译科西嘉人，科西嘉岛的基本居民。——编者

二

出发的那一天，一切都在大清早收拾好了，装上了船；帆船只候晚风一起，就要开出去了。这时，上校和女儿在加纳别尔街上闲步，忽然，船老板跑了过来，请求允许他搭载一个亲戚，就是他长子的干爹的从兄弟，此人有紧急的事要回故乡高尔斯，可是找不到船。

"那是一个有趣的人，"船老板马代补充说，"是个军人，禁卫军的轻装步兵队军官，如果'那个人'^①还做着皇帝的话，他早已是上校了。"

"既然他是一个军人，"上校说……正预备再接着说"我很愿意他和我们一同去……"的时候，奈维尔姑娘用英国话高声说：

"一个步兵军官！（她的父亲是在骑兵队里任事的，所以她瞧不起其他的兵种。）他或许是一个没有受过教育的人，他会晕船，一定会败了我们航行的一切兴趣！"

老板是一句英国话也不懂的，可是他似乎猜出了李迭亚姑娘撅起她美丽的嘴唇的意思，便开始一条一条地讲起他亲戚的好话来，临了他保证，他亲戚是一位正人君子，出身于"班

---

① 指拿破仑。——译者

长"①世家，而且决不会妨碍上校先生，因为他，老板会把他安顿在船角落里，人们会觉得他好像不在船上一样。

上校和奈维尔都为高尔斯有世代相传做班长的家族而觉得很奇怪；可是，当他们真诚地相信他是个步兵班长的时候，便下了一个结论：他是一个穷光蛋，老板是因为可怜他而让他搭船的。如果他是一个军官，则他们必得和他攀谈，和他一起生活；可是一个班长呢，那是用不着为他多费心的——他是一个无价值的人，除非他的队伍在这里，枪上插着刺刀，把你们带到一个你们不想去的地方去。

"你的亲戚晕船吗？"奈维尔姑娘干干脆脆地说。

"决不，小姐，他的心像岩石一样的坚，在海上和在陆上一样。"

"好吧！你可以带他去。"她说。

"你可以带他去。"上校也把这话说了一遍，他们便继续散步。

傍晚五点钟光景，船老板马代来找他们上帆船。在码头上，靠近船老板的舢板，他们看见了一个高大的青年人：他穿着一件青色的礼服，钮子一直扣到下颏，脸是被太阳晒黑了的，眼睛黑而有生气，睁得很大，带着一种直爽而聪敏的神气。看他整肩的神态，卷起的小髭须，人们很容易认出他是一个军人；因为，在那个时代，并不是大家都蓄髭须的，而禁卫军也还没有使禁卫营的服装流传到一切人家里去。

---

① 从七一三年起，高尔斯几世纪都受着摩尔人的侵犯。传说在那一个时期，人们选举了几位首领，守治地方，这些首领，名为"班长"(caporali)。高尔斯是在教王的统治之下，在八一六年，教王派雨果·高洛纳来驱逐异教，他由caporali的帮助而得到成功，于是高洛纳和他的伙伴便在岛里做了藩主。可是这些藩主的统治很不稳固。在一〇〇一年，各乡对藩主的压迫起了一个公然的反抗，到一〇〇七年，形成了一个联盟，那些首领还是袭用着caporali那个旧名称。所以，在高尔斯，一个caporali世家是很受人尊视的。上校和奈维尔姑娘把这caporali误会为一个军队里的普通的caporal(班长)了。——译者(caporali在法文中意为"下士"、"班长"。——编者)

看见上校，青年脱下了他的帽子，一点不窘地用得体的话向他道谢。

"极愿为你效劳，我的好人。"上校向他点头招呼着说。

上校上了舢板。

"你的那位英国客人真不客气呢。"青年人用意大利话低声对老板说。

老板把食指放在左眼下，瘪下嘴角。在懂暗号话的人看来，这种暗号的意思是：这英国人懂意大利话，他是一个怪人。青年人微微地笑着，用手碰了一碰额角，来回答马代的暗号，好像是对他说，英国人全是好作幻想的，接着他便在老板身边坐下来，聚精会神地（但是很有礼貌地）望着他的俊俏的旅伴。

"那些法国兵的仪表都很好，"那上校用英国话对他的女儿说，"因而很容易把他们培养成军官。"

接着，他用法国话对那青年人说：

"我的好人，告诉我，你在哪一个联队里服役？"

青年人用肘子轻轻地把他从兄弟的寄子的父亲撞了一下，露出一种滑稽的微笑，回答说，他从前在禁卫军轻装步兵队里呆过，最近是从轻装步兵第七联队里出来的。

"你在滑铁卢①打过仗吗？你年纪还很轻啊！"

"打过的，我的上校，那是我仅有的一战。"

"这一仗可以算两仗呢。"上校说。

青年高尔斯人咬着自己的嘴唇。

"爸爸，"李迭亚姑娘用英国话说，"问他高尔斯人是不是很爱他们的拿破仑？"

---

① 滑铁卢（Waterloo），在比利时南部。1815 年 6 月 18 日，重登帝位的拿破仑率领法军（约十二万人）与英普联军（约二十二万人）在此附近发生激战，法军大败，拿破仑被迫第二次退位，被流放于大西洋南部的圣赫勒拿岛。拿破仑至此彻底垮台。——编者

上校还没有将这句话翻译成法国话，青年人已用一种虽则读音有点不自然，但也不算坏的英国话回答了：

"小姐，你要知道在我们家乡里，谁也不是未卜先知的人。我们这些拿破仑的同乡，或许倒没有法国人那般爱他。至于我呢，虽则从前我们两家是仇敌，但是我爱他且崇拜他。"

"啊，你会说英国话！"上校喊着。

"你听到的，说得很坏。"

李迭亚姑娘虽则对他那随随便便的口气有点不高兴，可是想到一个班长竟和一个皇帝有嫌隙，不禁笑了起来。在她看来这好像是一个样品，证明高尔斯的特殊，于是她想把这事记在日记上。

"或许你在英国做过俘虏吧？"上校问。

"不，我的上校，我是很小的时候在法国从一个贵国的俘虏那儿学会英国话的。"

接着，他向奈维尔姑娘说：

"马代对我说你是从意大利回来的。小姐，那么你一定会讲标准的多斯甘话①了；不过你要听懂我们岛上的方言②，恐怕有点困难吧。"

"小女懂得意大利的各种方言，"上校回答，"她对于语言很有天分。不像我这样。"

"小姐懂得……例如我们高尔斯的歌里的这两句诗吗？那是一个牧人对一个牧女说的：

S enfrassi' ndru paradisu santu, santu, E nun truvassi a

---

① 多斯甘，今一般译为托斯卡纳（意大利文为 Toscana），意大利中部的一个大区，名城佛罗伦萨即在该区。托斯卡纳的意大利方言，是介于全国南方和北方两种极其悬殊的方言之间的一种方言。最接近于现代意大利语言。——编者
② 科西嘉人说意大利语的一种方言。——编者

tia, mi n' esoiria.①

李迭亚姑娘是懂得的。她觉得这种引用不免有点放肆，而那伴着这种引用的目光更是如此，她红着脸回答:"Capisco。②"

"那么你是告假还乡的吗?"上校问。

"不是，我的上校。我已受半俸被辞退了，那可能是因为我在滑铁卢打过仗，又因为我是拿破仑的同乡。我便回家去，正如歌里所说的：一生无望，两袖清风。"

于是他望着苍天叹息了一声。

上校把手伸到袋子里去，拿了一块金币在手指间转着，他想找出一句话来，以便有礼貌地把这块金币放到他不幸的敌人的手里。

"我和你一样，"他很温和地说，"也已受半俸被辞退了;可是……你的半俸难得有买烟草的余钱。拿着吧，班长。"

他想把那块金币塞到青年人搁在舢板船舷上的握紧的手里去。

青年高尔斯人脸红了，他站起来，咬着自己的嘴唇，好像预备拿发脾气来作回答，可是，突然他变了一种态度，大笑起来了。上校手里拿着金币，茫然失措了。

"上校，"青年人敛了笑容说，"请容许我作两个劝告:第一，千万不要送钱给高尔斯人，因为我有些不讲礼的同乡会把钱丢还到你脸上来的;第二，不要在别人自己没有说出头衔来以前便给他加上一个头衔。你称我为班长，我却是一个中尉。固然两者之间的差别并不怎样大，不过……"

"中尉!"托马斯爵士喊道，"中尉! 可是这位老板对我说

----

① "如果我进了神圣的神圣的天堂，而我在那里找不到你，我便会出来的。"（Serennata di Zicavo）——作者原注
② Capisco 是意大利语动词 capiscere（懂得）的第一人称现在直陈格，意为"我懂得"。——译者

你是班长，你的父亲也是，你一家人都是。"

听了这话，这位青年人不禁仰天大笑起来，笑得那么有劲，引得老板和两个水手都一齐大笑起来。

"对不起，上校，"最后那青年人说，"可是这种错解实在有点滑稽，我刚才方明白。真的，我们一族的先祖中能有好几个'班长'，正自以为荣呢；可是我们高尔斯的'班长'的衣服上是决无袖章的。在基督纪元一一〇〇年光景，几个反抗山间大藩主的村子，互相选举了几位首领，他们称那些首领为'班长'。在我们的岛里，我们是很尊视这种'班长'的世家的。"

"原谅我，先生！"上校喊道，"千万原谅我。你既然懂了我误解你的原因，我希望你能见恕。"

于是他向他伸出手去。

"上校，这是对我那小小的骄傲的适当的责罚，"青年人还在笑着，又恳切地握着英国人的手，"我对你绝对不怀恨在心。既然我的朋友马代把我介绍得那么坏，那么容我来自我介绍吧：我叫深奥尔梭·代拉·雷比阿，退职的中尉。看到这两条漂亮的狗，我猜想你是上高尔斯去打猎的；如果真是这样，那么我很愿意充当向导。如蒙光顾敝乡的山和草莽，将不胜荣幸……"接着他叹了一口气，补充说，"如果我还没有把那些地方忘记了的话！"

这时候，舢板已靠近了帆船。中尉帮着奈维尔姑娘上船，接着又帮助上校上船。在船上，托马斯爵士老是为自己以前的轻视态度感到局促不安，不知如何使这位有七百年历史的世家的后裔忘记自己先前的无礼，又向他道歉、握手，并且不等取得女儿的同意，便邀他一同吃晚饭。奈维尔姑娘虽则稍稍有点皱眉，可是现在知道了那所谓"班长"究竟是怎么回事，也就并不觉得怎么不高兴；她的客人没有使她讨厌，她甚至还渐渐地觉得他有着一种说不清楚的贵族的风度；只是他的神气太爽直太快乐了，有点不像小说里的主人公。

"代拉·雷比阿中尉，"上校一只手把着一杯马黛尔葡萄酒，英国式地向他致祝，"我在西班牙见过许多贵同乡，他们是著名的冲锋步兵。"

"是呀，许多人现在都还在西班牙。"年轻的中尉严肃地说。

"我永远不会忘记维多里亚之役①中一队高尔斯步兵队的行动。"那位上校说下去，还抚着胸这样补充道，"我实在应该记得它。他们整天散伏在园圃的篱墙后面，打死了我们许许多多的人和马。决定了收兵之后，他们便聚集起来，开始泰然地退走。在平原上，我们想给他们一个反攻，可是那些鬼东西……原谅我，中尉——我应该说，那些勇敢的人，他们排成一个方阵，简直没有法子破他们。在方阵的中央——我好像现在也还看见——有一个军官，骑着一匹小小的黑马；他站在军旗旁边，抽着雪茄烟，简直好像是坐在咖啡馆里一样。有时候，好像向我们挑战似的，他们的号角吹起得胜乐来……我派了我的两队精兵去攻他们……嘿！我的骑兵并不冲到方阵的前头，却奔到两边去，回马漫无秩序地退了转来，许多匹马都丧失了坐骑的人……而那鬼音乐还老是奏个不停！等到那罩住步兵队的烟尘消散了，我又看见了那个军官，站在军旗旁边，还在吸着他的雪茄烟。我气得发狂，亲自带兵去作一次最后的攻击。他们的枪因不断的发弹而炸了，已不再出声，可是那些兵已排成六列，刺刀直指我们的马鼻，你简直可以说那是一座墙壁。我怒喝

---

① 维多里亚（Vittoria）之役是在一八一三年六月二十一日，英将惠灵吞（Wellington）率兵八万攻击列阵与西班牙维多里亚城前的五万余法军，法军全线崩溃，拿破仑在西班牙的势力便因而失去。——译者（惠灵吞参见第14页注⑥——编者）

着，叱咤我的骑兵，我催马前进，这时那个军官忽然拿开他的雪茄烟，向他的一个部下指点着我。我好像听见这样的一句话：Al capello bianco！①那时我带着一项白羽帽。以后我便听不见了，因为一粒子弹已打着了我的胸膛。——那是一个极好的步兵队，代拉·雷比阿先生，第十八轻装步兵队的第一队，全是高尔斯人，这是后来别人讲给我听的。"

"是呀，"那位在听着故事的时候眼睛闪着光的奥尔梭说，"他们掩护撤退，还带回了他们的军旗，可是这些勇敢的人们的三分之二，现在都已长眠在维多里亚的平原上了。"

"或许你可以告诉我那个指挥的军官叫什么名字吧？"

"那便是我的父亲。他那时是第十八轻装步兵队的少校，以后因为在这不幸的一天里的行动，他升为了上校。"

"你的父亲！天哪，他真是一个勇敢的人！我如能再看见他，那我真太快乐了，而且我可以保证，我还会认出他来的。他还健在吗？"

"不在了，上校。"青年说着，脸儿微微有点发青了。

"他经过滑铁卢之战吗？"

"是的，上校，可是他没有马革裹尸的荣幸……他是死在高尔斯的……在两年之前……天哪！这片海多么美丽！我有十年没有看见地中海了。——小姐，你不觉得地中海比大西洋更美吗？"

"我觉得它太青了……而波浪又不雄伟。"

"你爱粗野的美吗，小姐？在这一点上，我相信高尔斯会使你中意的。"

"我的女儿什么异常的东西都爱，"上校说，"这就是她讨

---

① 意为："对准那白帽子！"——译者

13

厌意大利的缘故。"

"在意大利，"奥尔梭说，"我只认识比塞①，我曾在那里进过大学。我一想起冈波—圣多②、度莫③、斜塔④……特别是冈波—圣多，便不得不叹赏。你记得奥尔加格拿的那幅《死》⑤吗？……我想我还能描画出它来，它是那么深刻地留在我的记忆里。"

李迭亚小姐怕中尉先生要兴高采烈地不断说下去。

"那真美极了，"她打着呵欠说，"原谅我，父亲，我有点头痛，我要回房里去。"

她吻着父亲的前额，庄严地向奥尔梭点了点头，便走了。于是这两个人便继续谈谈打猎和打仗的事。

他们发现在滑铁卢他们曾相对临阵过，互相对准开过枪。他们因而格外亲热了。他们把拿破仑、惠灵吞⑥、布吕协⑦一个个地批评着，接着他们谈猎斑鹿、野猪和羚羊。夜色已经很深，最后一瓶鲍尔多葡萄酒也空了，这时，上校又握了握中尉的手，向他道了晚安，表示希望由这样滑稽的方式开始的友谊，能够继续下去。他们分了手，各自就寝去了。

---

① 比塞（pisa），今一般译比萨，意大利西部古城。有大学（建于1343年）。城内多中世纪古迹。著名的比萨斜塔建于1174年。——编者
② Campo—Santo，比塞的大伽蓝及古墓地，教堂的四壁有奥尔加格拿及其他名画家之壁画。——译者
③ Dôme 是比塞的一个著名的大伽蓝。——译者
④ 用大理石建造的一个圆形的倾斜的塔，是一个著名的古迹。——译者（高54.5米，因奠基不慎，致塔身倾斜——编者）
⑤ 奥尔加格拿（Andrea Oreagna）是十四世纪的大画家和雕刻家。Camposanto 里的壁画《末日审判地狱和死之凯旋》，据伐沙里（Vasari）说，是奥尔加格拿画的。——译者
⑥ 惠灵吞（1769—1852），今一般译成威灵顿，英国统帅在反对拿破仑战争中，为反法联盟军队的统帅之一，以指挥滑铁卢战役闻名。1828年后，历任首相、外交大臣等职。——编者
⑦ 布吕协（Blücher），今一般译作吕歇尔，普鲁士将军。在滑铁卢战役中率军三万增援威灵顿，对击败法军起了重要作用。——编者

三

夜色绮丽，影月弄波，帆船顺着一片轻风，缓缓地航行着。李迭亚姑娘没有睡熟，如果没有那个俗人在眼前，她早去领略那只要有一点诗情的人在这月明的海上必然感到的情怀了。当她断定年青的中尉已睡得很熟了的时候——因为她认为他是一个俗物——她便起身披上大衣，唤醒了她的侍女，走到甲板上去。甲板上除了一个在把舵的水手以外，没有什么别的人，他在那里用一种野蛮而单调的调子，用高尔斯方言唱着一种悲歌。在沉静的夜里，这种奇异的歌声自有它的动人之处。不幸李迭亚姑娘不完全懂得水手所唱的歌。在几句俗套之间，有一句有力的诗句，深深地激起了她的好奇心，可是正听到妙处，却又来了几句方言，这些方言的意思她便捉摸不到了。然而她懂得唱的是关于一件杀人的事。对于暗杀者的诅咒，复仇的威胁，对于死者的赞颂，一切都交错地混合着。她记住了几句诗；我试把它译出：

> ……枪炮和刺刀——都不能使他脸儿吓青——安静地在一片战场上——有如夏日的长天——他是苍鹰的朋友巨鹭——对朋友他是沙漠中的蜜——对敌人他是暴怒的海——比太阳更高——比月亮更柔——法兰西的敌人——是永不会遇到他了——他故乡的暗杀者们——已从背后

将他害死了——像维多罗杀死桑必罗·高尔梭一样①——他们从来不敢正面望他……把我的得来无愧的十字勋章——挂在我床头的壁上——勋章的绶带是红的——我的衬衫却更红——留着我的十字勋章，留着我的血衫——给我的儿子，给我远在他乡的儿子看——他将在衣衫上看见两个弹孔——为了这里的每一个弹孔，另一件衬衫上也得打上弹孔——可是仇已报了吗——我要那开过枪的手——那瞄准过的眼——和那盘算过的心……

水手突然停住不唱了。

"朋友，你为什么不唱下去？"奈维尔姑娘问。

水手摆了摆头，指示她看一个从帆船的大舱盖里走出来的人：那是出来赏月的奥尔梭。

"把你的悲歌唱完了吧，"奈维尔姑娘说，"它使我很感兴趣。"

水手俯过身来低声对她说：

"我对任何人都不加以 rimbecco。"

"什么？"

水手并不回答，吹起口哨来。

"奈维尔小姐，正当你在欣赏我们的地中海的时候，我碰到了你，"奥尔梭向她走过去说，"你一定承认在别的地方见不到这样的月色吧。"

---

① 见 Flippini 卷十一——维多罗之名至今犹为高尔斯人所共弃。在今日，这是叛贼的同义字。——作者原注（译者按：自一二九九年起，在热那亚共和国统治下的高尔斯，时受压迫，因而起来反抗。桑必罗·高尔梭（Sampiero Corso）是高尔斯传说中的英雄，是热那亚人最厉害的对头。热那亚人在高尔斯的势力，竟有一时因他而大减。他在一五六七年为人所卖而死。他的死状，文人所传各有不同，不过大多数的人都说，他是在一场攻打那围住他的热那亚人的战争的初期，被他自己的仆人维多罗（Vittolo）杀死的。人们说这恶人得了一百五十个 scudi 才来干这个勾当，他显然是躲在他主人的背后，把他一枪打死的。）

"我没有看它，我是在专心研究高尔斯话。这个水手正在唱一曲最凄凉的悲歌，唱到最妙的地方却停下来了。"

水手弯下身来，好像是去仔细察看罗盘，他粗鲁地拉了一下奈维尔姑娘的大衣。他的悲歌不能在奥尔梭中尉的面前唱出来，是显然的事。

"你在唱什么，巴洛·法朗赛? 是一个 ballata 吗? 一个 vocero[①]吗? 小姐懂你的话，她想听完。"

"我已忘记了，奥尔梭·安东。"水手说。

接着他使劲高唱起一曲圣女颂歌来。

李迭亚姑娘漫不经心地听着那颂歌，不再去强迫那个唱歌的人了。然而她很想在以后弄清这个谜。可是她的侍女，因为是弗洛伦斯[②]人，和主人一样的不懂高尔斯方言，也很想弄个明白；李迭亚姑娘还来不及用肘子推她，她已向奥尔梭说了

"少爷，加人以 rimbecco[③]当什么讲? "

"rimbecco!"奥尔梭说，"那便是向一个高尔斯人施以最毒狠的诅咒：那就是责备他不报仇啊，谁对你说起 rimbecco 的? "

"是昨天在马赛的时候，"李迭亚姑娘急忙答道，"帆船老板用了这个字眼。"

---

① 当一个人死了的时候，特别是被暗杀死了的时候，人们便把那个人的尸体放在桌子上，于是那人家里的女子（如果那家没有女子则女友，甚至以诗才著名的不相识的女子亦可），便在许多来客之前，用当地方言即席唱着悼词。那种女子称为 voceratrici，或照高尔斯的口音称为 buceratrici。那种悼歌，在东海岸称为 vocero，buceru，buceratu；在西海岸称为 ballata。vocero 这字以及从而变化出来的 vocerar，voceratrice，自经拉丁字 vociferate 来的。有时好几个女子轮流地即兴唱着，而死者的妻子或者女儿也往往自己唱着那悼歌。——作者原注

② 弗洛伦斯，一译翡冷翠（意大利语名为 Firenze），今一般依英译名 Florence 译为佛罗伦萨。意大利中部城市，游览胜地，十五世纪至十六世纪时为欧洲最著名的艺术中心。——编者

③ Rimbeccare 在意大利文中意义是"撤回"，"还击"，"抛还"。在高尔斯方言中，这字的意义是：加人以某种公然侮辱的谴责。——对一个父亲被人暗杀的儿子说他的父亲之仇未报，便是加之以 rimbecco。对一个还没有在血里洗清侮辱的人，rimbecco 是一种催促。热那亚统治时期，法律对于一个 rimbecco 的主使者加以很严的处罚。——作者原注

"他说到谁呢?"奥尔梭急急地问。

"哦! 他为我们讲了一个老故事……那故事是出在……对啦,我想那是关于华妮娜·陀尔娜努①的事。"

"华妮娜之死,小姐,我想不会使你很爱我们的英雄,勇敢的桑必罗吧?"

"可是你觉得他的行为是很英勇吗?"

"他的罪有当时的野蛮风俗可作辩解;而且桑必罗和热那亚人正在死战,如果他不将那想和热那亚人讲和的女人处罚了,他的同乡怎么还会相信他呢?"

"华妮娜没有得到她丈夫的允许,是私自走的,"那水手说,"桑必罗绞死她做得很对。"

"可是,"李迭亚姑娘说,"她之所以到热那亚人那儿去替她的丈夫求恩,是为了要救丈夫,还是出于爱他之心啊。"

"替他求恩,那就是毁损他!"奥尔梭喊着。

"而他竟亲手缢死了她!"奈维尔姑娘接下去说,"他简直可以算是一个恶魔了!"

"你要晓得,她是像求恩似的求他亲手处死她的。小姐,你把奥塞罗②也视为一个恶魔吗?"

"那是不同的! 他是嫉妒;桑必罗却只是虚荣。"

"而那嫉妒,可不也就是虚荣吗? 那是恋爱的虚荣;或许你,会因动机的缘故而原谅他吧?"

---

① 华妮娜·陀尔娜努(Vannina d'Ornano),是桑必罗(见第16页注)之爱妻。桑必罗在君士坦丁之时,热那亚人怕他的阴谋,便想设法骗她和他的亮哥儿子到热那亚去,因为他们以为有了这些人为质,他便不敢有所举动了。那时华妮娜正在马赛,受了热那亚人的游说,便决议逃走。可是她在盎谛勃(Antibes)被追获了,一只法国船的船长把她逮到了爱克斯(Aix)。在那里住了不多久,桑必罗从君士坦丁回来,到了亚尔吉(Alger),知道妻子的逃走,大怒。立刻赶到爱克斯,把妻子带回马赛,先跪在她面前为她祷祝,然后亲手将她绞死。——译者

② 奥塞罗,今一般译奥赛罗,英国剧作家莎士比亚同名悲剧中的主人公,勇敢诚实的摩尔人统帅,因中奸计,误认妻子苔丝德蒙娜不贞,将她杀死,在妻子的清白被证实以后,自刎而死。——编者

　　李迭亚姑娘向他庄重地望了一眼，便问那水手，帆船什么时候可以到港。

　　"如果一直有这样的风，"他说，"后天就可以到了。"

　　"我愿意马上就看见阿约修，因为这只船使我厌倦。"

　　她站起来，挽着侍女的手臂，在甲板上走了几步。奥尔梭在舵边呆站着，不知道他是应该陪她一同散步呢，还是该中断这种好像使她讨厌的谈话。

　　"真是一个美丽的姑娘！"那个水手说，"如果我床上的蚤虱都像她，那么我就是被它们咬了也甘心的！"

　　李迭亚姑娘或许已经听见了对于她的美丽的这种天真的赞辞，且因此生了气，因为她差不多立刻便回房去了。不久，奥尔梭也回去了。他一离开甲板，侍女又上来了，在盘问了那水手一番之后，把以下的这些话报告了她的主人：那首因奥尔梭的到来而打断的 ballata，是为奥尔梭的在两年前被暗杀的父亲代拉·雷比阿上校之死所做的。水手很相信奥尔梭是回高尔斯来"报仇"的——这是他的说法，他又断定，不久比爱特拉纳拉村里便可以看到"鲜肉"了。这种民族特有的语辞，把它翻译过来，意思就是奥尔梭大爷要杀死两三个暗杀他的父亲的嫌疑者。那些嫌疑者，固然曾为那件事对簿公庭，但是因为裁判官、律师、知事和宪兵都是他们的夹袋中人物，他们就一点罪名也没有了。

　　"在高尔斯是没有公道的，"水手补充说，"与其信托法庭，还不如信托一杆好枪。一个人有了仇人，他便应当在三个 S 中选择一个。"①

　　这些有意思的报告大大地改变了奈维尔姑娘对代

　　① 这是高尔斯人特有的说法，三个 S 即 schioppetto，stiletto，strada（枪，短刀，逃走）。——作者原注

拉·雷比阿中尉的态度和感情。从这个时候起，在那喜欢
幻想的英国女子的眼里，他已变成一个重要人物了。最初曾
使她感觉不快的那种无忧无虑的神色，那种爽直与和气的
口吻，现在在她看来都格外地有价值了，因为这是一个刚
毅的心灵的深深的隐藏，不使人从外表上看出一点内心的
情感。在她看来，奥尔梭简直是费艾斯基①一类的人物，在
轻佻的外貌之下隐藏着深谋远虑；虽则杀几个无赖不及救
国救民漂亮，可是一次出色的复仇总也是漂亮的；况且女
人们总是喜欢不是政客的英雄。这时奈维尔姑娘才注意到
青年中尉有着很大的眼睛，洁白的牙齿，优雅的身材，受
过良好的教育，具有上流社会的习气。此后她便常和他谈
话，而他的谈话又使她感到很有兴味。她不断地打听有关
他故乡的情况，他把它讲得很好。他虽则因起初进高等学校，
接着又进军官军校，在很小的时候便离开了高尔斯，心灵
上却始终留着一个充满诗的色彩的印象。当他谈到它的山，
它的树林，它的居民独特的风习的时候，他兴奋起来。和
我们所想象的一样，在他的叙述中，复仇这个字眼出现了
好多次，因为谈到高尔斯人而不褒贬他们的尽人皆知的热
情，简直是不可能的事。对于他的同乡那种永无穷尽的仇恨，
奥尔梭一概加以不满之论，这使奈维尔姑娘有点惊奇。然而，
对于那些乡下人，他总想法原谅他们，他托词说复仇是可怜
的人们之间的决斗。他说："人们必先经过一种按规矩的挑
战才互相暗杀，那是千真万确的。'准备吧，我准备了。'这
便是两个仇人在互相埋伏之前所交换的誓言。"他又说："在

① 费艾斯基（Joseph Fieschi），一七九〇年生于高尔斯，以谋刺路易斐利普
得名，事败而死。——译者（此注疑有误，因本书古式发生于一八一×年，而费
艾斯查企图暗杀路易菲利普是在一八三五年。——编者）

我们那儿，暗杀事件比任何别的地方都多；可是从那些案件中，我们总找不出一个卑鄙的动机来。真的，我们有许多杀人犯，但是没有一个贼。"

每当他说到复仇和杀人等字眼的时候，李迭亚姑娘留心注意着他，可是在他的脸色上，她一点也看不出有什么激动的表现。因为她已断定，他有一种相当的灵魂之力，能在一切人们的眼前（当然，在她眼前除外）把自己变成一个高深莫测的人；她便继续坚信，代拉·雷比阿上校的阴魂不久就会得到它所要求的满足。

帆船已经可以看见高尔斯了。船老板把沿海主要的地方报出名字来，虽则那些地方李迭亚小姐完全不熟悉，可是知道它们的名字也使她有点高兴。最讨厌就是一幅风景没有名字。有时上校的望远镜使她瞥见一些岛民：穿着棕色的布衣，带着一杆长枪，骑着一匹小马，在险峻的山坡上奔驰。李迭亚姑娘把这些岛民都当作是强盗，或是为自己的父亲之死去复仇的儿子；可是奥尔梭向她断言，那是附近村庄里赶路去做买卖的安分的居民；他们之所以带着一杆枪，并不是因为有什么大用处，主要是为了要漂亮，要时髦，正如城里一个漂亮人出门一定要带一根漂亮的手杖一样。虽则一杆枪不及一把短刀高尚而有诗意，可是李迭亚姑娘觉得，对一个男子说来，那是比一根手杖漂亮得多了，于是她想起了拜伦①诗里的一切英雄，死去时都不是因为中了古式的短刀，而是因为受了枪弹。

---

① 拜伦（1788—1824），英国积极浪漫主义诗人，著名讽刺长诗《唐璜》的作者。1813—1813年，陆续刊行《东方叙事诗》，塑造了一系列个人反抗的英雄形象。——编者

航行了三天之后，他们便到了赤血群岛①的前面，于是阿约修湾壮丽的全景便展开在我们那些旅行者的眼前。人们把它比作拿波里湾并非无故；帆船开进港口去的时候，一片草莽正在着火，烟雾遮住了邦达·第·吉拉多②，使人看了想起威苏维火山，而格外觉得和拿波里湾相似。但要使它们完全一样，那就需要阿谛拉③的一支大军在拿波里的周围进行一番扫荡；因为在阿约修的四周，渺无人烟，一片荒凉。看不到像从加斯代拉马雷到米赛纳岬④各处岸上那样的漂亮的建筑物，只能看见幽暗的草莽，和草莽后面的光秃秃的山峦。

没有一所别墅，没有一户人家。只是在城市周围的山顶上，东零西碎地有几所白色的建筑物，孤独地映在一片绿色的背景上；那是祠堂和家墓。在这里的风景中，一切都显着一种严肃而悲哀的美。

城里的景观（特别是在那个季节），又把周围的荒凉所给人的印象加深了。街上没有一点动静，在那里，你只能碰到几个闲荡的人，而且老是那几个。除了几个来卖蔬菜的乡下女人，见不到一个女的。你绝对不可能像在意大利的各个城市中那样，听见人们高声说话、大笑、唱歌。有时候在公共散步场的树荫之下，有十来个武装的农人在玩纸牌，或是看着人家玩纸牌。他们不喧嚷，从来不争吵；如果赌上了劲，总是先听见手枪声，然后才听见威胁的话语。高尔斯人天生是严肃

---

① 赤血群岛（Les Sanguinaires），阿约修湾中的一群小岛，因为它的岩石都是红色的，故名。——译者
② 邦达·第·吉拉多(Punta di Girato)是阿约修湾西部尽头的一个岬。——译者
③ 阿谛拉（Attila），匈奴之王，约生于四〇六年。他的兵力逐出了高尔斯的罗马人的势力，占有了那个岛。——译者（今一般译阿提拉，433—453年在位。当时占有里海到波罗的海和莱茵河间广大地区，东、西罗马帝国均被迫纳贡，为匈奴帝国极盛时期。——编者）
④ 拿波里是很美的城，米赛纳岬（cap Misene）处于其北，加斯代拉马雷（Castellamare）在其南。——译者

而沉默的。晚上，有几个人出来呼吸新鲜空气，可是在大街上①散步的差不多全是异乡人。岛上的居民都守在自己的家门边，一下也不走动；每个人都像在侦察着什么，正如一头鹰在它的巢里一样。

---

① Cours, Corso，意大利语，有"漫步场"、"散步道"的意思。Ajaccio市中一条大街的名字。——译者

四

　　在寻访过拿破仑的诞生处①，又用多少有点天主教气的
方法弄到了一点那地方的糊墙纸之后，到高尔斯才两天的李
迭亚姑娘，便为一种深切的悲哀所困住了。这种深切的悲哀，
是任何人在到异乡的时候都会感到的；那异乡的难以和合的
习惯使人陷于一种完全的孤寂中。她懊悔自己当初为什么起
那样的念头；可是又不能立刻就走，因为立刻走了会有损于
她那大胆的女旅行家的声誉；因此李迭亚姑娘打定主意忍耐，
竭力设法消遣。凭着这勇敢的决心，她整理了彩笔和颜色，
描画了港湾的风景，又为一个被太阳晒黑的乡下人画了一张
肖像：那个乡下人是卖瓜的，和大陆上的种菜人一样，可是
生着白胡须，带着一种不多见的最凶猛的无赖的神气。然而
这些全不足以慰她的旅愁，她便打定主意，要缠住那"班长"
的后裔；这并不是一件难事，因为奥尔梭一点也不急着回自
己的村里去，却好像对于阿约修很感兴趣——虽然他在这里
一个熟人也没有。李迭亚姑娘更想做一件重大的事业，那便
是要开化这头在山间长大的熊②，使他放弃这次回岛时所带
有的凶谋。自从开始研究他以来，她就觉得如果让这个青年
人自取灭亡，实在是很可惜的，而在她呢，感化了一个高尔
斯人也是一件光荣的事。

_____

　　① "波拿巴家"（La Casa Bonaparte）位于阿约修城旧区的一条小路圣夏尔路
（st.Charles）上。是一所美丽的建筑物，高四层，门壁上刻着如下字样："拿破仑
一世于一七六九年八月十五日诞生于此屋。"——译者
　　② 指奥尔梭。——译者

我们的这些旅行家的日子是这样过的：早晨，上校和奥尔梭去打猎，李迭亚小姐作画或是写信给她的闺友（写信的主要目的是使人知道她的信是在高尔斯写的）；六点钟光景，两个男子满载着猎物而归；大家吃晚饭，李迭亚姑娘唱歌，上校睡觉，两个年轻的人一直谈到深夜。

为着旅行护照的手续，奈维尔上校不得不去拜访知事。知事和他的大部分同僚一样，正闷得无聊，知道来了个有钱的英国上流人，又是一个漂亮的姑娘的父亲，心里十分快乐；他很殷勤地招待他，表示极愿为他效劳；几天之后他便来回访。上校刚吃完饭，舒舒服服地躺在沙发上，正要睡着；他的女儿在一架破损的钢琴前唱歌；奥尔梭在翻她的乐谱，顺便欣赏着这位美丽的音乐家的肩头和金色的头发。有人来通报知事老爷驾临；于是钢琴不响了，上校站了起来，将他的女儿介绍给知事。

"我不给你介绍代拉·雷比阿先生了，"他说，"因为你一定认识他。"

"先生是代拉·雷比阿上校的公子吗？"那位知事微微露出为难的神气。

"是的，先生。"奥尔梭回答。

"尊大人我是认识的。"

客套话不久便讲完了。上校忍不住打了好多次呵欠；性情高尚的奥尔梭，绝对不愿意和政府的一个官吏谈话；只有李迭亚姑娘一个人把谈话支持下去。在知事那方面，他也不让谈话断了；能够和一个熟识欧洲社会里一切名人的女子谈谈巴黎和社交界，在他是有一种很大的兴趣，那是显然的事。他在谈话的时候，不时地带着一种奇异的好奇心注意着奥尔梭。

"你是在法国认识代拉·雷比阿先生的吗？"

李迭亚姑娘带着一点窘态回答，她是在那只载他们到高尔斯来的船上认识他的。

"这是一个很不错的人，"知事半吞半吐地说，接着他用一种更低的声音说，"他对你说过他为了什么目的回高尔斯来的吗？"

李迭亚姑娘庄严地说：

"我没有问过他，你可以去问问他。"

知事沉默了；可是听见奥尔梭用英语向上校说了几句话之后，他便说：

"先生，你好像到过许多地方。你准已忘记了高尔斯……和它的习惯了吧。"

"那倒是真的，我离开高尔斯的时候年纪还很轻呢。"

"你还在军队里吗？"

"我已退职了，先生。"

"你在法国军队里呆耽得很久了，恐怕变成一个完全的法国人了吧。[①]先生，我确信着呢。"

他带着一种着重的语气说出最后的那几个字眼来。

向高尔斯人说他们是法国人，他们并不会很高兴的。他们愿意做一个独立国的国民，而他们也确有这种意图，足以被人承认。那位有点不高兴的奥尔梭回答说：

[①] 科西嘉岛历史上长期隶属于热那亚共和国，1755 年，在一个本地地主保利领导下，赶走了热那亚人，成为独立国家。1768 年，热那亚把实际上已不存在的对科西嘉岛的"权利"出卖给法国。1769 年春，法国军队击溃了保利的队伍，科西嘉岛自此方为法国领土。本书故事发生的时间距此事仅四十余年。——编者

"知事先生，你以为一个高尔斯人必须在法国军队里服役，才能做一个体面人吗？"

"当然不是啦，"知事说，"我绝对不这样想，我只是说，本地的某些'习惯'，其中有好几种是行政长官所不愿意看到的。"

他把"习惯"这两个字说得特别重，又在脸上表现出最严重的表情来。不久之后，他站起身来告辞，他出去的时候，已得到了李迭亚姑娘到知事署里去看他妻子的许诺了。

他走了以后，李迭亚姑娘说：

"我必须到高尔斯来，才能知道所谓知事是怎样的人。这人在我看来倒还有趣。"

"在我呢，"奥尔梭说，"却不这样认为，他带着那种夸大而神秘的神气，我觉得很奇怪。"

上校差不多已经睡着了；李迭亚姑娘向他望了一眼，放轻了声音说：

"我呢，我觉得他并不如你所说的那样神秘，因为我相信我理解他的意思。"

"奈维尔姑娘，你当然是很聪明的；但是，如果你在他刚才所说的话里看出一些机智，那一定是你先有了成见的缘故。"

"代拉·雷比阿，我想这是一句德·马斯加里尔侯爵的话吧①；可是……你要我给你一个证明我明察的证据吗？我简直可以说是一个女巫，一个人只要被我看见过两次，我便能

---

① 李迭亚姑娘以为奥尔梭是在引借莫里艾的独幕喜剧 Les Pré—cieusesridicules 中的话，但她错了，奥尔梭未必是在引借 Les Pré—cieuses ridicules 中的话，虽然他那句话的形式和剧中的这句话相像：Pour voir cheznouslemerite, il a fallu que I'y ayiez ameneo. 但这话也并不是马斯加利尔（Masearille）所说，而是加多斯（Cathos）对马斯加利尔所说。——译者

够知道他的思想。"

"天哪！你使我害怕了。如果你能知道我的思想，我不知道我应该引为快乐呢还是悲伤……"

"代拉·雷比阿先生，"李迭亚姑娘红着脸说下去，"我们只相识了没有几天；可是在海上和在野蛮的地方——我希望你能原谅我这句话……在野蛮的地方，比在社交界里容易成为朋友……所以，如果我像朋友一般和你谈得稍许深入一点，请你不要见怪。这或许是一个异乡人所不应该问的私事。"

"哦！不要说这些话，奈维尔小姐；别的话会更使我有兴趣些。"

"呃！先生，我应该对你说，我并没有设法探听你的秘密，却知道了一部分，而这便使我苦痛。先生，我知道你家里遭遇的那件不幸的事；你的同乡人有仇必报的性格和他们报仇的方式，我常常听别人讲起……知事所暗示的不就是这件事吗？"

"李迭亚小姐，你相信是这样的吗！……"奥尔梭的脸变得像死人一样地惨白了。

"不，代拉·雷比阿先生，"她打断了他的话，"我知道你是一位很体面的绅士。你自己说过，在你的家乡里，只有平民才施行那种报仇……那种你把它拿来当作一种决斗而描摹着的复仇……"

"那么你相信我会成为一个暗杀者吗？"

"奥尔梭先生，既然我对你这样讲着，你便很可以看出，我并不怀疑于你，而我之所以对你这样讲，"她垂下了眼睑，"因为我知道你在回到乡下以后，会被野蛮的偏见所包围（那是很可能的事），那时如果你知道有一个人，会为你抵抗那些偏见的勇气而尊敬你，对你或许不无帮助。哦，"她站起来说，

"不要再讲这些扫兴的事了，它使我头痛，而且时候也很迟了。你不埋怨我吗？来，让我们按英国方式道晚安吧。"于是她向他伸出手去。

奥尔梭紧握着她的手，神色严肃而感动。

"小姐，"他说，"你晓得，有些时候，故乡的本能也会在我心头苏醒。有时我想起我那可怜的父亲……一些可怕的念头便来侵袭我了。幸亏有你，我才克制住自己。谢谢你，谢谢你！"

他正要说下去，可是李迭亚姑娘翻落了一只茶匙，上校被这声音惊醒了。

"代拉·雷比阿，明天五点钟去打猎！要按时到啊。"

"是，我的上校。"

高龙芭 法国文学经典

五

第二天，在那两位去打猎的人回家的稍前，奈维尔姑娘从海边散步回来，正带着她的侍女向客邸走去；她看到了一个年轻的女子，穿着丧服，骑着一匹矮小而精悍的马驰进城来。她后面跟着一个乡下人，也骑着马，穿着一件肘边已有破洞的褐色布衣，身上斜挂着一个水壶，腰里挂着一支手枪，手里还拿着一杆长枪，枪柄插在一个系在鞍架上的皮囊里；总之，披带着歌剧里的强盗或是行旅中的高尔斯乡民的全副装束。那女子的惹人注目的美丽立即引起了奈维尔姑娘的注意。她看上去约有二十岁，身材颀长，肤色洁白，生着深蓝色的眼睛，桃色的嘴，珐琅一样的牙齿。表情中同时显现着骄傲、忧虑和悲哀。她头上披着名为 Mezzaro 的披巾。那是热那亚人流传到高尔斯来的，很适合女子披带。栗色的云鬟围在她头的四周，仿佛是一种头巾。她的衣衫清洁，又十分朴质。

奈维尔姑娘有充分的时间观察她，因为那个披着披巾的女子在路上停下来，很上劲地向人问事，这是可以从她眼睛的表情上看出来的；接着，在得到了答复之后，她将她的马打了一鞭，飞奔而去，到丁托马斯·奈维尔和奥尔梭所住的客邸的门前才停下来。在那里，和店主人说了几句话之后，这位年轻的女子便轻捷地跳下马来，坐在门边的一条石凳上。她的马夫便把马都牵进马厩里去。李迭亚姑娘穿着她的巴黎时装在这陌生女子面前走过的时候，她的眼睛连一抬都没抬。一刻钟之后，李迭亚开了窗，看见披披巾的女子照旧坐在老地方。不久，上校和奥尔梭打猎回来了。店主人同穿丧服的女子说了几句话，把代拉·雷比阿指给她看。她脸红了，兴奋地站了起来，向前走了几步，接着便好像不知所措地突然站住不动了。奥尔梭离她很近，奇怪地注视着她。

"你是，"她颤声说，"奥尔梭·安东·代拉·雷比阿吗？我是，我是高龙芭。"

"高龙芭！"奥尔梭喊着。

他立即将她抱在怀里，温柔地吻着她。这有点使上校和他的女儿惊奇，因为在英国从没有人在路上接吻。

"哥哥，"高龙芭说，"我没有得到你的吩咐便来了，请你原谅我。我从我们的朋友那里得到你已到来的消息，而在我，看到你，真是一种莫大的安慰……"

奥尔梭又吻了她一次；接着，他转身向上校说：

"这是我的妹妹，如果她不先说出名字来，我是再也不会认得她的——高龙芭，这位是托马斯·奈维尔上校——上校，请原谅我，今天我不能和你们一起吃饭了……我的妹妹……"

"呃！老朋友，你要到哪里去吃饭啊？"上校喊道，"你要晓得在这该死的客栈里只有一张食桌，而这食桌又被我们占住了。小姐如果肯和我们在一起，我的女儿一定会很高兴呢。"

高龙芭望着她的哥哥；他是不善谦让的，于是他们便一同走进旅店里那间最大的房间，那是给上校作客厅和饭堂用的。代拉·雷比阿姑娘在被介绍给奈维尔姑娘的时候，只深深地行了一个礼，一句话也没有说。人们可以看出她很是惊惶失措；在体面的外国人前露面，在她或许还是生平第一次。可是她的仪态中一点也没有乡气。她的新奇抹杀了她的拙笨。

奈维尔姑娘也因此而喜欢她；而且，因为客栈的各个房间都已被上校和他的仆役所占用，奈维尔姑娘出于殷勤，或是出于好奇，竟宁愿在自己的房间里搭一张床给代拉·雷比阿姑娘睡。

高龙芭讷讷地说了几句感谢的话，便立刻跟着奈维尔姑娘的侍女整妆去了，这是在太阳之下，风尘之中骑马旅行之后所少不了的事。

当她回客厅里来的时候，她在两个打猎的人刚放在壁角上的上校的那些枪支前站住了。

"好漂亮的枪！"她说，"是你的吗？哥哥？"

"不，这些是上校的英国枪，又漂亮又好使。"

"我很愿意，"高龙芭说，"你也有这样的一支。"

"在这三支枪里，当然有一支是属于代拉·雷比阿的，"上校说，"他使枪使得太好了。今天开了十四枪，就打死十四只野物！"

大家立刻推让起来，这场推让中，是奥尔梭屈服了。这使他的妹妹十分满意，这从她的表情就可以看出：她的脸色起先那么严肃，现在却突然浮出孩子气的快乐来了。

"你选一支吧，老朋友。"上校说。

奥尔梭不肯选。

"呃！令妹会替你选择的。"高龙芭不用他说第二遍，她拿了一支装璜最少的枪，其实那是一支口径粗大的精良的芒东枪①。她说：

"这一支射程一定很远。"

她的哥哥手忙脚乱地道谢，恰巧这时开饭了，才把他从

---

① 芒东（Joseph Manton）是十九世纪初著名的枪匠和发明者。——译者

急难中救了出来。高龙芭不肯就席，可是被她的哥哥望了一眼便顺从了。吃饭之前，她像一个虔诚的天主教徒似的划了一个十字，这使李迭亚姑娘看了觉得很有趣。

"好，"她心里想着，"这才是原始的。"

于是她打定主意，要对这个高尔斯旧习惯的年轻代表者多下几番有兴味的观察。奥尔梭呢，当然有点不安，因为他害怕妹妹会做出些乡气的样子来。可是高龙芭不停地望着他，一切照看哥哥的举动去做。有时她带着一种奇异的悲哀的表情定睛望着他；当奥尔梭的目光与她的目光相遇的时候，总是他先把目光移开去，好像他想避开妹妹在心灵上向他提出，而他又很了解的一个问题。大家都说着法国话，因为上校的意大利话说得很坏。高龙芭懂得法国话，而她不得不和她的主人们说的那少少的几句，她竟还说得很不错。

饭后，上校看出两兄妹之间有点拘束的样子，便带着他平常那种爽直的态度，问奥尔梭是否想单独和高龙芭姑娘谈谈，他说，如果是这样，他和他的女儿可以让到隔壁的房间里去。奥尔梭连忙道谢，说他们到了比爱特拉纳拉有的是谈话时间。比爱特拉纳拉便是他要去的村庄的名字。

于是上校便回到他的老座位沙发上去，而奈维尔姑娘，试了许多话题，竟不能使美丽的高龙芭开口，便请求奥尔梭为她读一章但丁①的诗：但丁是她所爱好的诗人。奥尔梭选了那有法朗赛斯加·达·里米尼②的插曲的《地狱篇》，便开始朗诵起来。那些卓越的三行诗，将男女共读恋爱故事的危险

① 但丁（Dantr Alighièri,1265—1321），意大利大诗人。其代表作《神曲》以梦幻故事的形式，隐喻象征的手法，描写作者游历"地狱"、"炼狱"、"天堂"的情景，广泛反映了中世纪后期意大利的社会生活。——编者
② 见《神曲·地狱篇》第五章。法郎赛斯加·达·波兰达（Francescada Polenta）是拉文拿（Ravenna）人，因为政治的关系，嫁给了里米尼（Rimini）的诸侯季昂丘多（Gianciotto）。丈夫发现她和他的幼弟保罗（Paolo）的恋爱，便将他们两人都处死。在《地狱篇》中，她自述了她的故事。——译者

描写得那么生动，奥尔梭将这些诗句尽其所能地朗诵着。在他朗诵的时候，高龙芭移近桌边去，抬起了老是垂着的头，她那大睁的双眸闪耀着一种异样的火光；脸儿一阵发白，一阵发红，她痉挛地在椅子上颤抖着。意大利人头脑的组织是多么的惊异啊！根本用不到一个学究为她来指点出诗的妙处。

诗读完了，她喊道：

"多美啊！哥哥，这是谁作的？"

因为她的无知，奥尔梭有点窘，于是李迭亚姑娘微笑着回答说，那是一个死了有好几世纪的弗洛伦斯诗人作的。

"等我们到了比爱特拉纳拉的时候，"奥尔梭说，"我要教你读但丁的诗。"

"好呀，这多美啊！"高龙芭又说了一遍，接着便把她所记住的三四节三行诗念了一遍。先是轻轻地念，随后兴奋了起来，便带着一种她哥哥念诗的时候所没有的表情，把诗句高声朗诵了出来。

李迭亚姑娘十分惊异：

"你好像很爱诗，"她说，"我多么艳羡你那种第一次读但丁诗时所感受到的欢乐。"

"奈维尔小姐，"奥尔梭说，"你瞧但丁诗句的力量多么伟大，它竟会这样地感动一个只知道念祈祷文的乡下小姑娘……噢！我说错了；我想起来，高龙芭也是此道中人。年纪很小的时候，她就开始涂抹诗句了，而父亲后来写信告诉我，说她是比爱特拉纳拉和周围十里之内最杰出的 Voceratrice①。"

高龙芭向哥哥恳求地望了一眼。奈维尔姑娘是听人说起过高尔斯的即兴女诗人的，她一心想听一回。于是马上请

---

① 见第 17 页注①。——译者

求高龙芭为她一献身手。奥尔梭觉得十分为难，后悔不该想起了妹妹的诗才，便插进来说了几句话。他矢口说高尔斯的ballata是再枯燥无味也没有了，他争辩说在念过但丁的诗之后再念高尔斯的诗，简直是给他的故乡丢脸，可是这些话全没用，反而激起了奈维尔姑娘的性子，他终于不得不对他的妹妹说：

"好吧！信口吟一点吧，可是要短一点。"

高龙芭叹息了一声，专心地向桌布注意了一会儿，接着又抬头望着梁木，最后，把手蒙在眼睛上，仿佛这样能使她安心一些，好像有些鸟儿，当它们看不见自己的时候，便以为人们也看不见它们。她用一种颤抖的声音唱出——或毋宁说是说出——以下的一首小夜曲：

少女与野鸽

在山后远远的谷间——每天只有一小时的阳光——在山谷间有一家幽暗的人家——野草一直蔓生到它的门槛上——门户终日紧闭着——屋顶上没有烟缕飘出来——可是在午时，在太阳照过来的时候——一扇窗门打开了——那个孤女坐在纺车前纺纱——她一边纺纱一边唱着——一个悲哀的歌——可是没有别的歌来酬答她——有一天，春天的一日——一只野鸽停在邻近的树上——它听到了少女的歌声——少女啊，它说，要悲泣的不只是你一人——一只残酷的苍鹰已把我的伴儿攫去了——野鸽啊，把那只凶狠的苍鹰指给我看——纵使它飞得云那样高——我会立刻把它打下来——可是我这可怜的女子啊，谁把我的哥哥还给我呢——我的哥哥现在是远戍他乡啊——少女啊，对我说，你的哥哥在何方——我的翼翅可以把我载到他的身旁。

"这真是一只有教养的野鸽!"奥尔梭一边喊一边吻着他的妹妹;他吻她时的情感和他强装的揶揄口气完全相反。

"你的歌真可爱,"李迭亚姑娘说,"我想请你把它写在我的手册里。我将来要把它译成英文,并谱上曲子。"

那位好上校是一句也不懂,跟着他的女儿称赞。接着又这样补了一句:

"小姐,你所说的那野鸽,可就是今天我们烧烤了吃的那种鸟儿?"

奈维尔姑娘拿了她的手册来,当她看见那位即兴女诗人把纸用得非常经济地写着她的歌的时候,不免大为奇怪。诗句并不分成行,而是尽纸的长短一连写下去,完全不和诗法的大众咸知的定律"分成短行,长短不等,两侧须留空白"相合。高龙芭姑娘有点随意的拼写法也是可以使人为难的,这使奈维尔姑娘微笑了好几次,奥尔梭却很难堪。

安歇的时候到了,两个少女便回房里去。在那里,李迭亚姑娘在卸下项圈、耳环和手锡的时候,看见她的同伴从衫子里除下一件东西来,有撑胸衣片那么长短,形状却完全不同。高龙芭小心地,又差不多是偷偷地把它藏在她的放在一张桌上的披巾下;接着她跪了下来,虔诚地祷告。两分钟之后,她已躺在床上了。李迭亚姑娘天性好奇,她脱衣服又像一般英国女子一样地慢,她走近桌边去,假装找一根针,拿起了那条披巾,便看见了一把不很短的、奇异地镶嵌着螺钿和银的短刀;那短刀做工精良,在一位鉴赏者看来是一件很值钱的古式武器。

"小姐们在胸衣里佩这种小东西,"奈维尔姑娘微笑着说,

"也是此地的习惯吗？"

"是啊，这是不可少的，"高龙芭叹息着回答，"歹人那么多！"

"你真有这样刺过去的勇气吗？"

奈维尔姑娘手里拿着那把短刀，做着刺人的姿势，像在戏院子里似的，从上往下刺去。

"是呀，"高龙芭用温柔而和谐的声音说，"为了保护我自己或是保护我的朋友们，少不了要这样……可是短刀不是这样拿的；如果你所要刺的那个人往后一退，你会把自己刺伤了的。"高龙芭坐了起来，"瞧，是这样的，向上刺。别人说，这样才能刺死人。用不着这些武器的人多有福气啊！"

她叹了一口气，把头倒在枕头上，闭了眼睛。她那时的容貌是再美丽，再高贵，再纯洁没有了。费第阿斯为了要雕刻他的米奈尔华神像①，除此以外再也找不出别的模特儿来了吧。

---

① 费第阿斯（Phidias）是希腊最著名的雕刻家，约生于纪元前五百年。他的在雅典的（Acrpoplis）卫城上的雅典娜（Athena，即米奈尔华 Minerve）铜像，为其杰作。——译者（雅典娜，希腊神话中的智慧女神，在罗马神话中称密涅瓦【本书译为米奈尔华】。费第阿斯今一般译作菲狄亚斯，他的雅典娜铜像建立在雅典卫城上。——编者）

六

为了依照何拉斯的箴言,我先跳到了in medias res①。现在,
美丽的高龙芭、上校和他的女儿,大家都已睡熟了,趁这个时候,
我来把那些详细情形告诉我的读者,如果读者要更深切地了
解这件真实的故事,这些详情是不可不知道的。读者已经知道,
奥尔梭的父亲代拉·雷比阿上校,是被人暗杀而死的:在高
尔斯,并不像在法兰西,那种逃犯因为找不到别的好法子弄钱,
只好去行凶杀人的事是没有的。然而被仇人所暗杀的事却常
有,可是结仇的原因,往往很不容易说清。许多家族只是因
世代是仇家而互相仇视,而仇恨本源的来历却已完全失传无
法弄清楚了。

代拉·雷比阿所属的那个家族,和许多家族结有仇,特
别是和巴里岂尼那一家。有的人说,在十六世纪的时候,一
个代拉·雷比阿家的男子勾引了一个巴里岂尼家的女人,那男
子后来被那受污辱的女子的一个亲属刺死了。有的人却不是
这样讲法,说被引诱的是一个代拉·雷比阿家的女子,而被
刺死的是巴里岂尼家的男子。无论怎样,用习惯的话说,这
两家之间是"见过血"的。然而,和习惯相反,这件仇杀案
竟没有引出别的仇杀案来,那是因为代拉·雷比阿家人和巴

---

① in medias res 意为 "到情节的中间",全文见何拉斯之《诗学》(ArsPoetica):
Seroper ad eventum festinat et in medias res
Non secus ac notas auditorem rapit
意为:"他急转直下,把听众引到情节的中间,使他们好像觉得早就知道了
的。"——译者

里岂尼家人都被热那亚政府所迫害，年轻人都流亡国外，两家人家都已经好几代没有了有血气的代表者。前一世纪之末，一个代拉·雷比阿家的人——拿波里军队里的一个军官，在一个赌场里和几个军人口角起来，那些军人在别的咒骂之间扶着骂他是高尔斯的牧羊奴，他便拔出剑来，可是如果没有一个也在那里赌钱的陌生人，喊着"我也是高尔斯人"！而帮助他打，他一个对三个，准早已一败涂地了。那个陌生人是巴里岂尼家的人，可是他不认识那位同乡。当解释清楚后，两人非常要好，发誓永远结为朋友。——在大陆上，高尔斯人之间是很容易发生友谊的；在岛上则完全相反。这种事实在这个故事中很容易看得出的：代拉·雷比阿和巴里岂尼住在意大利的时候，一直做着挚友；可是回到高尔斯之后，虽则住在同一个村庄，互相却很少见面，而到他们死的时候，别人说两人竟已有五六年没有谈过话。他们的儿子之间也是同样的情形，正如岛里人们所谓，相互"客客气气"地生活着。其中的一个，季尔富丘，即奥尔梭的父亲，当了军人；另一家的一个，优第斯·巴里岂尼，当了律师。他们两人都成了一家之主。因为职业不同各处一方，彼此简直没有过见面或交谈的机会。

可是在一八〇九年前后，有一天优第斯在巴斯谛阿①报上看到，季尔富丘上尉最近得到了红绶章，他便在人面前说，他并不因此而惊奇，因为代拉·雷比阿一家受着某将军的庇护。这句话传到了在维也纳的季尔富丘耳里，他便对一个同乡说，当他回高尔斯的时候，准会看见优第斯发财了，因为优第斯从败诉里刮到的钱比胜诉里更多。谁也不知道他这话是嘲讽律师欺诈他的当事人呢，还是仅仅在说一个平凡的事实，

① 巴斯谛阿（Bastia），今一般译巴斯提亚，科西嘉岛东北部城市——编者

即理屈的讼诉比理直的诉讼更能使律师得利。不论那句话的原意怎样，巴里岂尼律师听到了这种讽刺，便把它记在心头。在一八一二年，他正要运动做本地的村长，一心希望成功的时候，某将军忽然写了一封信给知事，举荐季尔富丘妻子的一个亲戚。知事急忙迎合了将军的意旨，巴里岂尼便绝对相信他的失败是由于季尔富丘的阴谋。一八一四年拿破仑失败之后，受将军保护的那个村长被人告发是拿破仑党，他的职位便由巴里岂尼取而代之。在"百日"[①]中，巴里岂尼也轮到被革了职；可是，这场风暴过去之后，他堂堂皇皇地重新占有了村长的印绶和户籍簿。

从那个时候起，他便威风十足了。退职归隐到比爱特拉纳拉的代拉·雷比阿上校，不得不处处提防，对付仇家不断的无事寻衅：有时他被传唤去，要他赔偿他的马在村长先生的园地里所造下的损失；有时那村长借着修理教堂的铺石的名义，叫人翻去了一片刻着代拉·雷比阿家的纹章的，覆着其家一人的坟墓的破石板。谁家的羊吃了上校的新生的植物，羊主人总可以在村长那儿得到袒护；管理比爱特拉纳拉邮务的杂货商人，担任乡村巡警的残废的老兵——两个都是代拉·雷比阿家的手下人，先后都被革了职，代之以巴里岂尼家的手下人。

上校的妻子死了，临死说，希望葬在她常爱去散步的那个小树林中；村长立刻宣布她应该葬在本地的公墓里，因为官厅没有许可她单独葬在另外一个地方。上校大怒，宣说无须等待那种许可，他的妻子一定要葬在她所选定的地方，他

---

① 1841 年反法联军攻陷巴黎，拿破仑第一次退位。1815 年 3 月 1 日，他从流放地厄尔巴岛逃出，进军巴黎，重掌政权；同年滑铁卢战役再次下台。自拿破仑 3 月 20 日重返巴黎至 6 月 22 日第二次宣布退位，约有百日之久，历史上称为"百日王朝"。——编者

便叫人在那里掘了一个墓穴。村长也叫人在公墓里掘了一个墓穴，又派了宪兵去，据他说，要强制执法。举行葬礼的那一天，双方面对面相遇了，一时间人们生怕因争夺代拉·雷比阿夫人的尸身会殴斗起来。由死者的亲戚召集来的约四十个武装森严的农民，强迫教士在走出教堂的时候向树林那面去；另一方面，村长和他的两个儿子，他的手下人和宪兵，挺身出来阻止。村长出来命令出殡的队伍退回来的时候，立刻遭到一阵詈骂和威胁；对方在人数占了优势，又都好像打定主意要和他拼命。一见他出现，许多杆枪都装上了子弹；有人竟说，一个牧人已经向他瞄准；可是上校撂起了枪，说："没有我的命令，谁都不准开枪！"村长和巴纽尔易一样，"天生怕挨打" [1]，告了免战，带着扈从退下去了。于是出殡的队伍便出发了，故意选了一条最长的路，这样可以在村公所前面经过。在前进的当儿，行列中有一个呆子，不知怎么想出来的，高呼了一声："皇帝万岁！"两三个人跟着喊了几声，那些渐渐地兴奋起来的雷比阿派的人，还打算把一头偶然挡住他们去路的村长的牛杀死。幸亏上校阻止住了这种暴行。

不用说，一篇诉状递了上去，村长还用他的最出色的文笔向知事做了一个报告；在报告书中，他描摹那神圣而人道的法律如何地受蹂躏——他的村长的尊严和教士的尊严如何地受蔑视和侮辱——代拉·雷比阿上校如何地为首纠集拿破仑的余孽，图谋不轨，意欲推翻王室，又煽动乡民械斗——触犯了刑法第八十六条和和九十一条。

---

① 巴纽尔易（Panurge）是合勃莱（Rabelais）名著《邦达格吕爱尔》（Pantagruel）中的一个主要人物。《邦达格吕爱尔》第二卷第二十一章上这样说：Et ce dict,s'en fouit le grand psa,de paour des Coups, lesquelz il craignoit naturellemeng（说着他便大步奔逃了，因为他是天生怕挨打的。）——译者（合勃莱今一般译拉伯雷，文艺复兴时期法国作家，1494—1553，《邦达格吕爱尔》今一般译《巨人传》，为其代表作。——译者）

这个诉状的夸张口气减损了自己的效果。上校也写信给知事和检察官；他妻子的一个亲属是本岛的一个议员的亲戚，另一个亲戚是高等法庭庭长的表兄弟。幸亏得到这些援助，那图谋不轨之罪被勾销了。代拉·雷比阿夫人依旧葬在树林里，只有那个喊口号的呆子坐了半个月牢。

巴里岂尼律师对于这事件的结果深为不满，便从另一方面来进行捣乱。他翻出了一张老旧的地契，企图根据那张地契夺取上校一条水流的所有权。这条水流推动着一个磨坊的水车。诉讼拖了很久。一年之后，法庭要判决了，各方面看来都是对上校有利，这时，巴里岂尼忽然拿出一封由著名的强盗阿高斯谛尼署名的信，呈给了检察官，信上恐吓村长说，如果不放弃他的要求，便要杀死他，放火烧他的家。我们知道，在高尔斯，强盗们的保护是很可贵的，而他们为了替朋友出力，也常常干预个人的争斗。村长想利用这封信占得便宜，可是忽然来了一个新的事变，使事情变得更复杂了。强盗阿高斯谛尼写信给检察官，诉说有人假造他的笔迹，谤毁他的性格，把他说成一个拿自己的势力来做买卖的人："如果我发觉了那个伪造者，"强盗在信尾写道，"我一定要把他处罚警众。"

显然，阿高斯谛尼并没给村长写恐吓信；代拉·雷比阿把写冒名信之事归罪于巴里岂尼，巴里岂尼又把这事归罪于代拉·雷比阿。两方面都气势汹汹，法官也不知道该从哪一方面找出罪犯来。

正在这个当口儿，季尔富丘上校被暗杀了。当局所调查的事实记载如下：一八××年八月二日，傍晚时分，一个带着谷物到比爱特拉纳拉去的名叫玛德兰·比爱特里的妇人，听到了两响差不多是连放的枪声，好像是从一条通到村庄去的凹路里发出来的，离她所在的地方有一百五十步远近。差不多是同时，她看见一个男子俯身在葡萄园的小路里奔跑着，向村庄而去。那个人停住了一会儿，又回过头来，可是因为离得太远，妇人比爱特里瞧不清楚他是谁，而且那人嘴里还衔着一张葡萄叶，差不多把面部全遮住了。他用手向她所没有看见的一个同伴打了一个招呼，接着便在葡萄丛里不见了。

妇人放下她所背着的东西，奔上小路去，发现代拉·雷比阿上校躺在血泊之中，身上中了两枪，但是还未断气。他的身边，是他的装好了的枪，好像他正要对敌一个迎面向他开枪的人，这时另一个人却从背后打中了他。他苟延着残喘，拼命和死挣扎着，可是一句话也说不出来。据医生解释，这是因为他的肺被打穿了的缘故。流血使他窒息；那血慢慢地，像红色的泡沫似的流出来。妇人扶他起来，问了他好几句话，可是都没有用。她看出他很想说话，但是说不出来。她又看出他想把手伸进口袋去，便急忙从他衣袋里拿出一个小文书夹，摊开了交给他。受伤的人从文书夹里拿出铅笔，努力想写字。证人的确看见他很困难地写了好几个字；可是她不识字，不懂那些字的意思是什么。上校因写字而用尽了气力，他把文书夹交到妇人比爱特里的手里，紧紧地抓住她的手，又带着一种异样的神气凝望着她，好像是对她说——这是证人的话——"这是重要的，这是暗杀我的人的名字！"

妇人比爱特里向村庄跑过去的时候，碰到了村长巴里岂尼先生和他的儿子文山德罗。那时候差不多已是黑夜了。她把所看见的事都讲了。村长先生拿了那本文书夹，跑到村公所去系他的饰带，唤他的书记和宪兵。村长走后，马德兰·比爱特里请年轻的文山德罗去救上校，说他也许还有救。可是文山德罗回答说，如果他走到一个他全家所切齿的仇人身边去，别人一定会说是他把人杀死的。不久，村长赶到了，看见上校已死，便叫人把尸身抬回去，然后上了一张状子。

巴里岂尼先生虽则着了忙（在这种情形中是不免的），还是把上校的文书夹密封了，并加了印，又尽他的能力做着种种探讨；可是没有一个人能有什么重要的发现。预审推事赶到后，打开了那文书夹，在染着血迹的一页上，看见了几个由一只无力的手所写的字，然而字迹还可以看得出来。上面写着：阿高斯谛……推事便深信，上校指出阿高斯谛尼是暗杀他的人。由推事召来的高龙芭·代拉·雷比阿，却请求让她检查一下文书夹。在翻了很久之后，她向村长伸出手去，喊道："这才是暗杀者！"于是在撼动她的沉痛的狂热中，她用一种惊人的正确和明了讲道，她父亲几天以前接到儿子的一封信，儿子告诉他刚移调了驻扎地方，她父亲把地址用铅笔写在文书夹里，然后把那封信烧了。现在文书夹里那个地址没有了，高龙芭的结论是村长把写着地址的那一页撕了，而她父亲写着暗杀者的名字的那一页，正就是写地址的那一页。高龙芭说，村长已用阿高斯谛尼的名字代替了那个凶手。推事看见文书夹中写着名字的那本簿子确实是缺了一页；可是不久又看见同一个文书夹中的别的几本簿子也缺了好几页，而证人又宣称，上校是常常从文书夹中撕下纸页来点雪茄烟的。所以这是很可能的事：他不留心烧了那个他所抄下的地址。此外人们证明，村长从妇人比爱特里那里接到文书夹之后，根本没有看，因为天已黑了；人们还证明他在走进村公署之前，一刻也没有停留过，宪兵队长伴着他到那里去的，看他点亮了灯，把文书夹放在一个封套里，又在他眼前盖上了印。

宪兵队长陈述完毕之后，高龙芭发狂似的投身在他脚下，请求他凭一切神圣的东西起誓，是否一刻都没有离开过村长。

宪兵队长踌躇了一会儿——显然是被少女的激昂情绪所感动了——便承认曾经到隔壁房间里去找过一张大纸，可是总共还没有用一分钟，而当他在抽屉里摸索着那张纸的时候，村长还不停地和他谈着话。而且他还说，他回来的时候，那个染血的文书夹依旧放在桌子上，在村长进房时丢的原地方。

巴里岂尼先生十分从容地陈述。他说代拉·雷比阿小姐的激烈行动，他很能原谅，而且他很愿意接受法律的制裁。他证明，整个下午他都在村庄里，出事的时候，他是和儿子文山德罗在村公所前面；他又说，他的另一个儿子奥尔朗杜丘那天正害了热病，没离开过床。他搬出了家里所有的枪，没有一杆有最近发过子弹的痕迹。他还说，至于那文书夹，他在当时立刻知道是很重要的；他把它封好了，盖上印，交给了他的助理，因为他已预料到自己和上校有质隙，是会受质疑的。最后他提起阿高斯谛尼曾经说过，要把冒他的名写信的人处死，他婉转地说，那个无赖准是疑心着上校，因而将他暗杀了。在强盗们的故事中，为了同样的原因进行类似的报复，是有例可援的。

代拉·雷比阿上校死后五天，阿高斯谛尼为一队巡逻兵所袭，拼命地抵抗之后，终被打死。在他身上找到一封高龙芭的信，信上说人们指他为杀人凶手，恳请他声明一下，是或不是。强盗没有写回信，因此人们一般的结论都是说，他没有勇气去对一个姑娘承认自己杀了她的父亲。然而，那些自以为熟知阿高斯谛尼性格的人，都低声地说，如果他真杀了上校，他一定会夸口的。另一个以勃朗多拉丘这名字出名的强盗，送了一道宣言给高龙芭，在宣言里，他"以自己的名誉"担保同伴的无辜；可是他所引的唯一根据，便是阿高斯谛尼从来也没有对他说怀疑过上校。

结果是巴里岂尼家一点也没有受损害；预审推事把村长大大地称赞了一番；而那村长，又因为放弃了对他和代拉·雷比阿上校争讼的溪流的所有权的要求，格外表现出他的美德。

按照当地的习惯，高龙芭在父亲的尸身前，对着聚集拢来的亲友，即兴唱了一支 ballata①。在那 ballata 中，她吐出了对巴里岂尼家的一切仇恨，公然地把暗杀之罪归之于他们，更用她哥哥必将报仇的话威胁他们。这支 ballata 风行一时，水手在李迭亚姑娘面前所唱的便是这个。奥尔梭得到了他父亲死耗的时候正在法兰西的北部，他立即去告假，可是没有得准。起初，看了妹妹的信，他也相信巴里岂尼是罪人，可是不久他接到了审问的一切案卷的抄本，还有推事的一封专信，他又差不多确信强盗阿高斯谛尼是唯一的罪人了。高龙芭每隔三个月便给他写一封信，把自己所以怀疑的理由对他说了又说。读了这些指控之词，奥尔梭那高尔斯人的血不禁沸腾起来，有时候几乎也要分一点妹妹的偏见。然而他每次写信给妹妹，总是几次三番地说，她的猜疑一点也没有确实的根据，一点也不值得相信。他甚至不准她再对他讲这件事，可是总是无用。这样地过了两年。两年之后，他退职了，于是他想还乡去，并不是要对那些他认为是无辜的人们报仇，而是去让妹妹出嫁，卖掉他所有的小小的一点产业——如果那产业的价值足够使他移居大陆的话。

---

① 见第 17 页注①。——译者

七

　　也许是因为高龙芭的到来，有力地使奥尔梭想起了家园，也许是因为高龙芭粗野的举止和衣饰，使他在文明的朋友们面前为难，一到第二天，他便声言，决定要离开阿约修，回比爱特拉纳拉去了。可是他请上校答应在到巴斯谛阿去的时候光临他的村舍，说可以打斑鹿、雄鸡、野猪和其他野味来酬答他。

　　出发的前一天，奥尔梭不去打猎了，提议到港岸上去散步。他挽着李迭亚姑娘，尽可以自由自在地谈话，因为高龙芭要买东西，留在城里，上校又时时刻刻离开他们去猎海鸥和塘鹅。上校的所为很使过路的人惊诧，他们不懂他为什么要为这样一类猎物而耗费火药。

　　他们沿着那条通往希腊人教堂的路走去，从那教堂边，可以看到海港最美的景致；可是他们一点也不曾注意到风景。

　　"李迭亚小姐……"奥尔梭在一个长久得使人难堪的沉默之后说，"老实说，你以为我的妹妹怎样？"

　　"我很喜欢她，"奈维尔姑娘回答，"我觉得她比你更有趣，"她又微笑着补充，"因为她是一个真正的高尔斯人，而你这个野蛮人却太文明了。"

　　"太文明了！……唉！自从我上了这个岛以后，我觉得自己不由自主地又变得野蛮了。成千成万的可怕的思想打扰着我，煎熬着我……因而在我要深入到我的旷野中去之前，我感觉有和你稍稍谈一会的必要。"

　　"先生，你应该拿出勇气来，瞧你妹妹忍耐的态度，她给你作出了榜样。"

　　"啊！别误信了吧。别相信她的忍耐吧。固然她还没有对我提过一句，可是从她的每一眼中，我都看出了她所期待我的是什么。"

　　"那么她究竟要你干什么呢？"

　　"哦！没有什么……只是要我试试看，你父亲的枪打人是否也像打竹鸡一样地出色。"

　　"这么可怕的念头！一句话还没有对你说，而你竟会这样推测！你这人真可怕。"

　　"如果她不想到复仇，她准会先对我说起我们的父亲；她却绝对不说。她准会说出她视为杀人犯的人们的名字——我知道那是错误的——呃！也偏一个字不提。你瞧，那就是因为我们高尔斯人是一个狡猾的民族。我妹妹知道她还没有把我完全握在手中，而在我还可以脱逃之前，她不愿吓怕了我。一朝她把我领到了悬崖边上，我一不留神，她便会把我推到深渊里去的。"

　　于是奥尔梭把他父亲之死的详情讲了一点给奈维尔姑娘听，又把那搜集起来使他把阿高斯谛尼视为杀人犯的主要证据告诉了她。他还说：

　　"什么都不能使高龙芭信服。这是我从她最后的那封信上看出来的。她曾发誓要巴里岂尼一家的性命；而且——奈维尔小姐，你瞧我是多么信任你——如果不是一种偏见（她所受的野蛮教育是她持有这种偏见的原因）使她确信，因为我是一家之主，复仇的责任应该由我来履行，并且我的名誉和此事有关，或许他们早已不在人世了。"

"真的，代拉·雷比阿先生，"奈维尔姑娘说，"你冤枉你的妹妹了。"

"不，你自己也说过……她是高尔斯人……她的思想和一切高尔斯人的思想一样。你知道昨天我为什么那么不高兴吗？"

"不知道，可是最近这段时间，你是常常陷于那种极度的忧郁之中的……在我们相识的起初几天，你要更快乐一点，也更有趣一点。"

"昨天本来却正相反，我比平时更快乐更幸福。我看见你对我的妹妹那么好，那么宽厚！可是，我和上校坐船回来的时候，你知道有一个船夫用他那该死的土话对我说些什么？他说：'你打了这么多猎物，奥尔梭·安东，可是你会发现奥尔朗杜丘·巴里岂尼是一个比你更厉害的枪手。'"

"呢！这些话里有什么很厉害的意思吗？你难道那么想做一个出众的枪手吗？"

"你没有听出来吗？那无赖是在说我没有杀死奥尔朗杜丘的勇气。"

"你要知道，代拉·雷比阿先生，你真的使我害怕了。你们岛上的空气，好像不仅会使人害热病，而且会使人疯狂。幸亏我们不久就要离开了。"

"可是先得到一到比爱特拉纳拉。你已经答应过我的妹妹了。"

"那么，如果我们失了约，一定也会受到报复的，是吗？"

"你记得那天令尊大人对我们讲的那些印度人①的故事

---

① 东印度公司一时颇为印度人的"坐 dharma"所苦，那些请愿的印度人，留在公司的门口不走，如果不得到允许，他们便绝食而死。——译者

吗？他们恐吓东印度公司的管理者，如果不接受他们的请愿，他们便要绝食而死。"

"你的意思是说你要绝食而死吗？我倒有点不相信。你只要一天不吃东西，接着高龙芭小姐拿了一块那么好吃的 bruccio[①]来，你便会放弃你的决定了。"

"你这种嘲笑真厉害，奈维尔小姐；你应该宽待我一点。你瞧，我在此地十分孤单。我之所以没有变成你所说的疯人，全是靠着有你，是你做了我的守卫天使，而现在……"

"现在，"李迭亚姑娘用一种严肃的口气说，"要支撑你的这个如此容易动摇的理性，你可以想着你男子的和军人的名誉，还可以……"她转身去采一朵野花，一边说，"如果那对你有点用处的话，还可以回想一下你的守卫天使对你的关心。"

"啊，奈维尔小姐，如果我能够想着你真的对我有点关切……"

"听着，代拉·雷比阿先生，"奈维尔姑娘有点感动了，"既然你是个孩子，那么我就像对待孩子似的对待你。我小的时候，母亲给了我一个我一心想着的美丽的项圈；可是她对我说：'每逢你戴上这项圈的时候，便得想一想你还不懂法文。'于是那项圈在我眼里便损失了一点价值。在我看来，它已变成一种疚戒了；可是我仍然戴着它，结果我学会了法文。你看见这个指环吗？这上面有一块从金字塔里找出来的埃及的蜣螂形宝石。这个你或许会当做酒瓮那一类东西的古怪图样，意义是'人生'。我们国家里有许多人，他们觉得埃及的象形文字都是很有道理的。旁边的这个，是一个盾和一只握着矛的手臂：它的意义是'斗争'。这两个字连起来，便成了我觉得是很好

---

① 一种熟乳酪制的干酪，是高尔斯的名菜。——作者原注

的格言：'人生就是斗争。'你别以为我能熟练地翻译埃及象形文字；那是一个古文字学者解释给我听的。现在，我将我的蜣螂形宝石送给你。在你起了什么高尔斯式的恶念的时候，便看着我这个护身符，对你自己说，你应该战胜那些恶念。——我的说教还不错吧。"

"那时我将想到你，奈维尔小姐，我必得对我自己说……"

"你将对你自己说，你的一个女朋友会因你受了绞刑而感到悲伤，而且你的祖先，各位'班长'也会因此而很伤心的。"

说了这几句话，她带笑地放开了奥尔梭的臂膊，跑到她的父亲那边去。

"爸爸，"她说，"放过那些可怜的鸟儿吧，来，和我们到拿破仑洞寻找诗情去吧。"

高龙芭 ▧ 法国文学经典 ▧

八

虽是暂别，离别这回事总不免有点严重的样子。奥尔梭和他的妹妹将要在第二天清晨出发了，头天晚上，他就向李迭亚姑娘告了别，因为他并不希望她会为了他的缘故，改变她晏起的习惯。他们的告别辞是冷淡而庄重的。自从他们海滨的谈话以来，李迭亚姑娘生怕已对奥尔梭表示出一种或许是太关切了的态度，而奥尔梭呢，也没有忘记她的讥讽，特别是她那种不郑重的口气。有一个时候，他相信在那年轻英国女子的态度中，觉察出了一种萌生的爱情；现在被她的揶揄所破灭了，他对自己说，他在她眼里，不过是一个泛泛之交而已，她不久就会忘记了他的。因此，早晨他和上校一同坐着喝咖啡的时候，看见李迭亚姑娘跟着他的妹妹走了进来，不禁大为惊讶。她是五点钟起身的，这在一个英国女子，特别在奈维尔姑娘，是要费很大的劲儿的。这使他不得不引以为豪了。

"我们这样早地骚扰了你，我心里很是不安，"奥尔梭说，"一定是妹妹没有听我的吩咐，吵醒了你，你准会诅咒我们了。或许你在希望我这样的人还是早点'绞死'的好，是吗？"

"不，"李迭亚姑娘用意大利语低声说，显然是为了不叫父亲听到，"可是你昨天为了我没有恶意的玩笑和我赌了气，我可不愿你带了一个对我的坏印象回去。你们这些高尔斯人啊，多么可怕！再会吧，我希望不久就可见面。"

她向他伸出手去。

奥尔梭只叹息了一声来做回答。高龙芭走到他身边去，把他牵到窗口，拿着一件她藏在披巾下的东西给他看，一边和他低声说了一会儿话。

"小姐，"奥尔梭对奈维尔姑娘说，"我妹妹想送你一件稀奇的礼物；可是我们这些高尔斯人，除了我们那时间磨灭不掉的感情之外，是没有什么了不起的东西可送人的。我妹妹说你曾经很好奇地看过这把短刀。这是我们家的一件家宝。可能，它从前曾挂在一个我赖以和你认识的'班长'的腰边。高龙芭把它看得很重，她要得到我的允许才送给你，而我也不知道应不应该答应，因为我怕你会见笑。"

"这把短刀是很可爱的，"李迭亚姑娘说，"可是那是你们传家之宝，我不敢收纳。"

"这不是我父亲的短刀，"高龙芭急急地说，"这是代奥道尔王①赐给我母亲的一位先祖的。如果小姐受纳了它，会使我们很高兴。"

"啊，李迭亚小姐，"奥尔梭说，"别看不起一把王家的短刀吧。"

对一个鉴赏家说来，代奥道尔王的遗物比一个强大的君主的遗物更为珍贵。这把短刀的诱惑力很强，将来把这武器拿到她在圣杰麦斯广场的房间里，放在一张漆桌上，那效果李迭亚已经想象到了。

"可是，"她带着要收纳礼物的人的那种踌躇态度，拿起

①　代奥道尔王（le roi Theodore）生于一六九〇年，死于一七五六年，是一位贵族，又是冒险家，他在一七三二年在意大利遇到了一些亡命的高尔斯爱国者，答应援助他们驱逐热那亚人。一七三六年他到了高尔斯，大大地受到欢迎，被推为代奥道尔王一世，八月之后，取巴斯蒂阿失利，他便到盎司德当（Amsterdam）去，在那儿因债务被拒了一个时期。一七三八年他又带了军费回到高尔斯去，可是那时高尔斯已在热那亚的同盟者法国人势力之下了。在一七四三年法国人走了之后，他想恢复旧有势力，却被迫离开了高尔斯。他到了英国，又以债务关系入狱，到了一七五六年，得何雷思·华尔浦（Horace Walpole）之助获得自由。他就在这一年死了。——译者

那把短刀，又向高龙芭露出她最可爱的微笑，"亲爱的高龙芭小姐……我不能……我不敢让你回去时没有防身的武器。"

"哥哥和我在一起呢，"高龙芭用一种骄傲的口气说，"而且我们还有令尊大人赐的那支好枪。奥尔梭，你已把它装了子弹吗？"

李迭亚姑娘收下了短刀。但这里有这样的一种迷信：把砍人或是刺人的武器送朋友，自己会碰到危险。为避免这种危险起见，高龙芭讨了一个铜子作代价。[①]

终于到出发的时候了。奥尔梭又握了一次奈维尔姑娘的手；高龙芭吻着她，接着又把自己的樱唇送给那位对于高尔斯的礼节甚为惊奇的上校。李迭亚姑娘从客厅的窗口目送着两兄妹骑马而去。高龙芭的眼睛里闪着一种她至今还没有见过的邪恶的欢乐。这个高大而有力的女子，坚守着野蛮人的名誉观，额上现着骄傲的神气，弯弯的嘴唇上浮着一片冷笑，带着那个武装的青年扬长而去，仿佛去作一次凶险的远征。一见她那种样子，李迭亚姑娘便想起了奥尔梭的忧虑，她好像已经看见他的恶神在牵引着他走向灭亡。那已经上了马的奥尔梭抬起头来看见了她。或许是看出了她的心事，或许是想对她作最后一次的告别，他拿起了他系在一条绳上的那个埃及指环，放到他的嘴唇边去。李迭亚姑娘红着脸离开了窗口；但即刻又回到了窗边，她看见那两个高尔斯人骑着他们那矮小精悍的马很快地向山间跑去。半个钟头之后，上校用他的望远镜把那沿着港底奔驰着的他们指点给她看，她看见奥尔梭不时地向城这一面回过头来。最后奥尔梭的身影在一个沼泽之间消逝了。那沼泽当时正植着许多树苗。

[①] 这是一种高尔斯人的迷信，凡把利器送给别人而不取一点代价的人，自己是要因此受到危险的。——译者

李迭亚对着镜子里望了一下，发觉自己脸色惨白。

"那个青年人会怎样想象我？"她说，"我又怎样想象他？而我又为什么要想他？……一个旅行中的相识者而已！……我到高尔斯来干什么的？……哦，我绝对不爱他……不爱，不爱；而且那是不可能的事……瞧那高龙芭……我做一个 Voceratrice^①的嫂子！而且她还佩着一把大短刀！"这时她看见自己还握着代奥道尔王的短刀。她将它丢在梳妆台上。"高龙芭到伦敦去，在阿尔美克^②的大厅里跳舞！……天哪！这样的一头'狮子'^③……或许她会大大地轰动呢……他爱着我，那是不会错的……他是一个被我打断了冒险生涯的小说中的英雄……可是他真的一定要用高尔斯方式替他父亲报仇吗？……他原是一种介于康拉特^④和花花公子之间的人物……我使他变成了一个纯粹的花花公子，一个穿高尔斯式衣裳的花花公子了！……"

她投身在床上想睡，可是怎样也睡不着。我也不打算把她的独白再继续写下去，在那独白里，她说了不止一百遍，代拉·雷比阿先生从来没在她心上，现在也不在，将来也决不会在。

九

奥尔梭和他的妹妹正一同在驰骋着。起初，他们的马行
进得太快，使他们不能交谈；可是后来山路太险峻，他们不
得不慢慢地走，这时他们便谈起他们刚分别了的朋友来。高
龙芭兴奋地讲着奈维尔姑娘的美，讲着她的金色的头发，讲
着她的温雅的态度。接着她问，那位上校实际上是否和表面
看去一样的有钱，李迭亚姑娘是不是独养女。

"这倒是一个佳偶，"她说，"她的父亲好像和你很要
好……"

看见奥尔梭没有回答，她便继续说下去：

"我们这一家以前也是很有钱的，现在还是岛里最被人重
视的一家。那些 Signori① 全是私生子。只有'班长'世家才保
持着贵族的血统，而且，奥尔梭，你知道，你是从岛里最早的
'班长'一脉传下来的。你知道我们的家族是从山的那面②移
来的，内乱迫使我们迁徙到这边来。奥尔梭，如果我做了你，
我就不踌躇了，我就向上校去请求娶他的女儿了……（奥尔梭
耸了耸肩）。我会用她的嫁资把法尔赛达树林和我们家下面的
葡萄园一齐买下来；我会盖一所漂亮的石屋，我还会把古堡
加高一层——在那个古堡上，在 bel Misere 亨利伯爵的时代，

---

① 高尔斯的封建藩主的后代，称为 singori。signori 世家和 Caporli 世家是互
相竞争着显贵的。——作者原注（参看第 7 页注①——译者）
② 即指东岸。di la dei monti 这是句习用的话，但所指地域随说话的人而变
易。——高尔斯被一条自南至北的山脉分为东西两部。——作者原注

桑步古丘曾经杀死过很多的摩尔人[1]。"

"高龙芭,你在说疯话。"奥尔梭一边赶路一边说。

"奥尔梭·安东,你是男子,当然比一个女子更知道你应当怎样做。可是我很想知道,那个英国人有什么理由可以反对这段婚姻。英国也有'班长'吗?⋯⋯"

这样地谈着话,经过了一个不算短的途程之后,两兄妹到了一个离保加涅诺不远的小村。他们在那里停下来,在一家世交家里吃饭和歇夜;他们受到高尔斯式的款待;那种款待,除非你亲自受到过,否则是无法领会的。第二天,主人(他是代拉·雷比阿夫人的教父)送了他们约十里路。

"你看见这些树林和这些草莽吗?"他在要分别的时候对着奥尔梭说,"一个'做了一件坏事'的人可以在这里面安安逸逸地住十年,不受宪兵和巡逻兵的搜捕。这些树林和维沙伏拿森林相接;如果一个人在保加涅诺或邻近的地方有些朋友,那么他什么也不会缺少。你有一支好枪,它的射程一定很远。哎呀!这样大的口径!用它可以杀比野猪更厉害的东西呢。"

奥尔梭冷淡地回答说,他的枪是英国货,可以把子弹打得很远。然后他们接了吻,各自上路。

我们的旅人离比爱特拉纳拉已经没有多远了,忽然,在一条他们要穿过去的山峡间的小路上,他们看见了七八个带枪的人,有的坐在石头上,有的躺在草上,有的直立着,好像

---

[1] 见 Flilppini 卷二。Arrigo bel Missere 伯爵死于一〇〇〇年左右;人们说在他死的时候,在空中有一种声音唱着这种语言的歌:

E morto il conte Arrigo bel Missere;

E Corsica sar adi male in peggio

——作者原注

(译者按:亨利伯爵是雨果·高洛纳【见第 7 页注①】之孙,高龙芭所说桑步古丘在亨利伯爵时代杀摩尔人是错了。桑步古丘打败了那些 signari,和 caporali 同治高尔斯。他出名是为了这事,而不是为了屠杀摩尔人,因为那时摩尔人大部分已经被逐出高尔斯了。)

在侦察。他们的马都在离他们不远的地方吃草。高龙芭从所有高尔斯人出门必带的大皮囊里拿出一个望远镜，把他们察看了一会。

"是我们的人！"她带着一种快乐的神气喊道，"比爱鲁丘真会办事。"

"什么人？"奥尔梭问。

"我们的牧人，"她回答，"前天下午我差比爱鲁丘回来召集这些人，叫他们伴送我们回家。你没有扈从是不能进比爱特拉纳拉的，而且你应该知道，巴里岂尼家什么事都干得出来。"

"高龙芭，"奥尔梭用一种严厉的口气说，"我已经几次三番地要求你，不准再对我提巴里岂尼和你那没有根据的怀疑。我当然不会带着这一群游手好闲的人回家去，让人们当作笑柄，你没有先通知我便把他们召集了来，我很不高兴。"

"哥哥，你已经忘记你故乡的情形了。在你粗心忽略的时候，保护你是我的责任。我做的事，是我所应该做的。"

这时，那些牧人已经看见了他们，一齐骑上马飞奔过来迎接他们。

"奥尔梭·安东万岁！"一个强壮的白胡须老人喊道——他也不管天这样热，还披着一件比山羊皮更厚的，连帽子的厚大氅，"简直是他父亲的写照，只是更高大更强健罢了。多漂亮的枪啊！奥尔梭·安东，这一定会成为我们谈话的中心呢。"

"奥尔梭·安东万岁！"牧人们同声高呼，"我们早知道他终究会回来的！"

"啊！奥尔梭·安东，"一个肤色像砖石一样红的高个子说，"如果你父亲能在这里欢迎你，他一定会非常快乐的！好人啊! 如果你从前肯相信我, 让我去对付了优第斯, 你现在就会见到你的儿子了……那个好人! 他却不肯相信我, 现在他会知道我是不错的了。"

"好!"那老人说, "优第斯所等待着的事, 什么也不会少的。"

"奥尔梭·安东万岁!"

十一二响枪声伴着这欢呼开了出来。

奥尔梭被这群一齐说着话, 又争先伸出手来握手的骑着马的人们围着, 心里十分生气, 一时间竟说不出话来。最后, 他拿出申斥他的士兵和要拘禁他们时候的神气, 说道:

"我的朋友们, 感谢你们对我所表示的心意, 感谢你们对我父亲所怀着的好感; 可是我不愿意任何人替我拿主意。我知道我应该怎样做。"

"这话不错, 这话不错!"牧人们喊着, "你很知道, 你可以信任我们的。"

"是的, 我信任你们; 可是我现在一个人也用不着, 没有什么危险威胁着我。回马管你们的羊去吧。我认识上比爱特拉纳拉的路, 用不到向导。"

"一点也不用害怕, 奥尔梭·安东,"那老人说, "'他们'今天是不敢露面的。雄猫回来的时候, 耗子都躲进洞里去了。"

"白胡须老头子, 你自己才是雄猫!"奥尔梭说, "你叫什么名字?"

"什么! 奥尔梭·安东, 你不认识了我吗? 我从前时常把你放在我身后骑我那头倔强的骡子的。你不认识保罗·格里福了吗? 我这个忠仆, 是一心一意替代拉·雷比阿家尽力的。老实说, 等到你那杆大枪说话的时候, 我这杆像我一样老的枪, 是不会一声也不响的。记住吧, 奥尔梭·安东。"

"好，好；可是，全给我走开吧，让我们赶路。"

牧人们终于散了开去，很快地向村庄那边跑去；可是他们时常在路上高起的地方停下来，好像在察看有没有埋伏，而且他们总是离开奥尔梭和他的妹妹不很远，以便在必要的时候帮助他们。老保罗·格里福对同伴们说：

"我懂得他！我懂得他！他不把他要做的事说出来，但是他会做，他简直是他父亲的影子。好！尽管说你不怀恨任何人吧！你已经向圣女拿加①发过誓了。好！村长的皮我是看得一个钱也不值了，不到一个月连做皮囊都不中用了。"

这样地由一队侦察兵开着路，代拉·雷比阿家的后裔进了他的村庄，向他的祖先，那些"班长"留下的邸宅而去。长久没有主脑的雷比阿党的人，成群结队地前来迎接他，那些守中立地位的居民，站在他们自己的门槛上看他经过。巴里岂尼党的人则躲在家里，从窗隙里窥望着。

比爱特拉纳拉村，像一切高尔斯的村子一样，建筑得很不规则；在高尔斯想看一条真正的街，只有到德·马尔伯夫先生所建筑的加尔吉斯去②。比爱特拉纳拉的房子胡乱四散着，一点也谈不上排列，坐落在一个小高原——或者不如说山脊——的顶上。在村子的中央，有一棵大槠树，槠树旁边，是一个花岗石的水槽；一条木管子把邻近的泉水引到这水槽里来。这个公用的水槽是代拉·雷比阿家和巴里岂尼家两家出钱合造的；可是如果你拿这个来做两家从前和睦的证据，可就大错了。从前，代拉·雷比阿上校捐了一笔钱给本地方的土地局，作建造一个

① 这个圣女在历书上是找不到的。对圣女拿加（Saint Naga）发誓便是打定主意什么也不承认。——作者原注
② 马尔伯夫（Marboeuf）是一七六八年热那亚人将高尔斯的主权让给法国时，法国镇守高尔斯的统兵主将。一些因避土耳其的压迫而到高尔斯的希腊人，向他要求一个安身之处，他答应了他们。于是便在现在的加尔吉斯（Carhègse）的地方，造起了一百二十所屋子。那地方的街路房屋，比高尔斯其余的地方要整齐的多。——译者

水槽之用，巴里岂尼律师听到这消息，急忙也捐出了一笔同样的钱，比爱特拉纳拉之所以有水，全是托福于这场慷慨的竞争。在槠树和水槽的周围，有一片人们称为"广场"的空地，晚上，闲人都聚集在那边。有时候人们在那里玩纸牌，每年谢肉节的时候，人们还在那里跳舞。在广场的两端，有两所并不很宽但是很高的建筑物，用花岗石和叶纹石造成。那便是代拉·雷比阿家和巴里岂尼家对敌的"堡垒"。建筑的样式完全相同，高低也是一样，你可以看出这两家的对抗是由来已久，相持不下，命运之神无论对哪方面都不曾加以袒护。

把"堡垒"一词的意义解释一下，或许是不为无益的。那是一种约四十尺高的方形建筑物。在别的地方，这种东西干脆称为鸽笼。狭窄的门离地有八尺来高，由一道很陡的阶梯通上去。门上面有一扇窗，窗前面有一种露台之类的东西，露台下面开着洞，好像是一个炮眼，如果有什么不速之客跑来，上面的人便可以躲在这里对付他，自己却不会遭受危险。在窗和门的中间，有两个雕刻得很不精细的盾形纹章。一个从前雕着热那亚的十字徽；现在却损坏了，只有古物研究者才能辨认得出。另一个雕着堡垒主人家族的徽章。仿佛是为了使装饰更完全，那些盾形纹章上和窗框上还有一些弹痕，这样，你便可以想象出高尔斯中世纪的一所邸宅了。我还忘记了交代一句，住宅都是靠着堡垒的，而且内部常常有一条通道和堡垒相连接。

代拉·雷比阿家的堡垒和住宅在比爱特拉纳拉广场的北面；巴里岂尼家的堡垒和住宅在南面。从北面的堡垒到那水槽为止，是代拉·雷比阿家的散步场所，对面是巴里岂尼家的散步场所。自从上校的妻子落葬以后，两家由于一种默契彼此不相往来，从没有一个人想到对方的广场上去显露头面。为了免得绕路，奥尔梭正要从村长的门前走过去，可是妹妹拦住了他，要他走一条不穿过广场而通往他们家的小路。

"为什么要绕路呢？"奥尔梭说，"难道广场不是公有的吗？"他径自催马前进。

"一颗勇敢的心啊！"高龙芭暗暗地说，"……父亲啊，你的仇可以报了！"

到了广场上，高龙芭置身于巴里岂尼家的屋子和她哥哥之间，眼睛一直注视着仇家的窗户。她注意到那些窗户最近已设了障碍物，还搭了archere。所谓archere，便是作枪眼形的狭窄的孔，装在那些掩住了窗户下层的大木段之间，当人们怕人攻袭的时候，便这样地设置障碍物，他们还可以在木段的掩护之下安全地向攻袭的人开枪。

"懦夫！"高龙芭说，"瞧吧，哥哥，他们已经防御起来了，他们设置了障碍物！可是他们总有一天要出来的！"

奥尔梭在广场南面露面，在比爱特拉纳拉起了一个大轰动，又被视为是一种近于冒失的勇敢。对于这天傍晚聚集在楮树之下的中立的人们，这是一篇注解不完的文章。

"幸亏巴里岂尼的两个儿子没有回来，"他们说，"他们可没有像律师那样肯容忍，他们一定不会看着仇人经过他们的地面，而不把他的威风收拾一下的。"

"邻舍，记住我对你说的话吧，"一个老人（他是村子上的预言者）说，"我观察过高龙芭今天的脸色，她的头脑里已经有了主意。我已在空气里闻到了火药的味儿。不久，比爱特拉纳拉的肉店里将有便宜肉出售了。"

＋

奥尔梭年纪很轻就离开了父亲，所以几乎没有机会和父亲相熟。他十五岁时便离开比爱特拉纳拉到比塞去读书，当季尔富丘高举帝国的旗帜在全欧征战的时候，他在比塞进了军官学校。奥尔梭在大陆上难得看见父亲，只是到一八一五年，他被编入他父亲的部下，以后才常常见到父亲。可是那位军律严明的上校，把自己的儿子和其他青年中尉一样看待，换一句话说，对他很严厉。奥尔梭所保留着的对于父亲的记忆有两种。他先想起在比爱特拉纳拉的时候，父亲打猎回来，把剑交给他收拾，又教他卸出猎枪中的子弹，还有小时候他第一次被允许和全家人一起坐到饭桌前的情景。接着他又想起这位代拉·雷比阿上校，常常为了一点小错就把他监禁起来，而且永远只称他为代拉·雷比阿中尉：

"代拉·雷比阿中尉，你站的地位不对，三天监禁——你的哨队离本队远在五米突以外，五天监禁——你在正午十二点零五分的时候还戴着便帽，八天监禁。"

只有一次，在四臂村之役①的时候，上校对他说：

"很好，奥尔梭，可是还要机警些。"

然而这些并不是在比爱特拉纳拉能引起来的回忆。回到比爱特拉纳拉以后，童年的旧游地的光景，亲爱的母亲所用

---

① 四臂村（Quatre—Bras）在比利时境中。一八一五年六月十六日（滑铁卢之役的前两日），奈易（Ney）和英国人在那里血战。——译者（奈易今一般译内伊，法国元帅。——编者）

过的家具，在他的心头勾起了无限温柔而惆怅的情感；接着，他想到了自己的未来，觉得实在是十分暗淡，妹妹的神色举动也使他模模糊糊地感到不安；还有，奈维尔姑娘将要到他家里来，而这个家，他现在看来是那么狭小，那么简陋，和一个过惯豪华生活的女子是那样地不相称，她或许会因此而看不起他……这许多念头，把他的脑袋搅得一片混乱，使他灰心丧气，沮丧之至。

吃晚饭的时候，他坐在一张黑糊糊的橡木大圈椅上——这是饭桌上的首席，从前是他父亲坐的。他看到妹子怯生生地来陪他吃饭，不由得微微一笑。高龙芭在吃饭时守着沉默，吃过饭便立即告退了，这使他深感庆幸，因为他觉得自己的心情十分激动，要是妹妹现在就向他发起攻击（他相信她必有这种计划），他是决计抵挡不住的。但是高龙芭没有来触动他的感情，看来是想给他一段时间定定神。他用双手托着头，久久地一动也不动地坐着，心里回想着最近半个月来的种种情景。他觉得，如今似乎每一个人都在等着他对巴里岂尼家有所行动，这种期待不禁使他毛骨悚然。他觉得比爱特拉纳拉的舆论，对他说来已渐渐成了一种社会公论。为了不被人看作懦夫，他必须替父亲复仇，可是向谁复仇呢？他不相信巴里岂尼父子是杀人犯。诚然，他们是他一家的仇人，但是，除非像他的同乡人那样抱着狭隘而荒唐的偏见，才能把暗杀之罪归到他们的头上去。有时他想到了奈维尔姑娘给他的护身符，便低声念着那上面的那句格言："人生就是斗争！"最后他用一种坚决的口气对自己说："一定要胜利而回！"下了这个决心，他便站了起来，拿着灯预备上楼到自己房间里去了。忽然听到有打门的声音，而此刻已不是会客的时候。高龙芭立刻走了出来，后面跟着一个女仆。

"不会有什么事的。"她向门边跑去的时候这样对他说。

可是，在开门之前，她先问打门的人是谁。一个轻轻的声音回答：

"是我。"

横在门上的门闩除下了，过了一会，高龙芭又出现在饭厅里，一个十岁左右的女孩子跟在她后面，赤着脚，穿着褴褛的衣衫，头上包着一块破烂的包头布，长长的黑发像乌鸦的翼翅似的，从包头布下露了出来。那孩子很瘦，脸色发青，皮肤被太阳晒得乌黑了，眼睛里却闪耀着聪明的火焰。一看见奥尔梭，她便怯生生地站住了，用乡下人的方式行了一个礼，接着便去和高龙芭谈话，并且把一只新打死的山鸠交给了高龙芭。

"多谢,岂里，"高龙芭说，"谢谢你的叔叔。他身体好吗？"

"很好，小姐，托福托福。因为他到得很迟，所以我没能早点来。我在草莽里等了他三个钟点。"

"你还没有吃晚饭吧？"

"哎! 没有，小姐，我没有工夫啊。"

"在我们这儿吃吧。你叔叔还有面包吗？"

"不多了，小姐；可是他尤其缺少的是火药。现在有栗子可吃了，他只需要火药。"

"等会我拿一个面包和一些火药来,你拿去送他。对他说，火药很贵，要用得省一点。"

"高龙芭，"奥尔梭用法国话说，"你把这些东西布施给谁啊？"

"本村的一个穷强盗，"高龙芭也用法国话回答，"这女孩子是他的侄女。"

"我觉得你的这种施舍可以用在较好一点的地方。为什么要把火药去送给一个无赖呢! 他会用它去犯罪的。这里如果大家对于强盗没有那种可叹的愚劣的慈善行为，高尔斯或许早就没有他们的踪迹了。

"我们家乡最坏的，并不是那些落草[①]的人。"

"你想给的话就给一点面包，那是谁也不能反对的；但是我不赞成你供给他们军火。"

"哥哥，"高龙芭严肃地说，"你是这里的主人，这屋子里的东西全是你的；可是我要预先告诉你，你要我不拿火药给一个强盗，我宁可把我的披巾送给这个女孩子去卖钱。不给他火药! 那还不如把他送交巡捕。除了子弹之外，他还能用什么来自卫呢?"

这时候那个女孩子正在大嚼面包，又轮流地留神望高龙芭和她的哥哥，想从他们的眼色里看出他们所说的话的意义。

"那么，你所说的那个强盗究竟闹了什么事? 因为犯了什么罪才落草的了?"

"勃朗多拉丘绝对没有犯罪，"高龙芭喊道，"他杀了约房·奥比索，那人在他当兵的时候暗杀了他的父亲。"

奥尔梭掉转头去，拿起了灯，一句话也不回答，一直上楼到房间里去了。高龙芭把火药和食物给了女孩，一直送她到门口，再三叮嘱说：

"请你的叔叔要特别照顾着奥尔梭!"

---

① alla oampagna（落草）便是做强盗。强盗（Bandik）并不是一个不好听的字眼，它的取义是 bann "被摈弃放逐的"；那就是英国民歌中的 out law。——作者原注

十一

奥尔梭躺了许多时才睡熟，因此第二天醒得很迟——至少对一个高尔斯人来说是很迟了。一起身，首先扑入他眼帘的是他的仇人的房屋和他们新搭起的 archere。他走下楼去找他的妹妹。

"她在厨下熔铸弹丸。"女仆莎凡丽亚这样回答他。

这样，他走一步，战争的形象就追他一步。

他看见高龙芭坐在一张凳子上，四面都是新铸成的弹丸，她在削掉弹丸的铅屑。

"你在那儿干什么鸟事？"她哥哥问她。

"你没有子弹去装上校的枪了，"她柔声地回答，"我找到了一个合适的弹丸模型，今天你便可以有八十粒子弹了，哥哥。"

"多谢你，我用不着！"

"不要临渴掘井，奥尔梭·安东。你已忘记了你的家乡和你周围的人们了。"

"我一忘记你便立刻提醒了我。啊？告诉我，几天之前有一只大箱子送到吗？"

"有的，哥哥，我把它搬到你楼上的房间里去，好吗？"

"你搬上去？你哪有力气搬得动它……难道这里没有做这种事的人吗？"

"我并不像你所想象的那样不中用，"高龙芭说着便卷起了袖子，露出一双圆圆的白臂膊，那臂膊模样长得很好，但看上去力气颇不弱。"来，莎凡丽亚，"她对女仆说，"来帮我。"

等奥尔梭急忙去帮她的时候，她已独自把那只笨重的箱子提起来了。

"在这只箱子里，我的好高龙芭，"他说，"有一点给你的东西。你会怪我送你这样轻的礼，但是一个退休的中尉，钱囊是不很充足的。"

说话之间，他打开了箱子，从那里取出了几件衫子，一条肩巾，和少女用的一些别的东西。

"多漂亮的东西!"高龙芭喊道，"我得马上把它们收起来，免得弄脏了。我要把它们留到结婚的时候用，"她悲哀地微笑了一下，补充说，"因为我现在穿着丧服。"

接着她吻了一下哥哥的手。

"妹妹啊，穿丧服穿得这么久，便近于做作了。"

"我发过誓的，"高龙芭坚决地说，"我不会除去丧服……"

她从窗口望着巴里岂尼家的屋子。

"除非等到你结婚的日子吗?"奥尔梭不想让她说下去，便这样说。

"我不会和人结婚，"高龙芭说，"除非那人做了三件事……"

她一直凄怆地望着仇人的屋子。

"高龙芭，像你这样漂亮的姑娘还没有结婚，我真奇怪。喂，对我讲讲谁在向你求爱吧。此外我还想听听他们的情歌。为要取悦于一个像你这样伟大的Voceratrice①，那些夜曲一定会是很好听的。"

"谁会要一个可怜的孤儿呢? ……而且那使使除了丧服的人，将使那面的妇女们穿上丧服。"

"这简直是疯狂了。"奥尔梭暗想着。

---

① 参见第17页注①。——编者

但是他一句话也不回答，免得惹起争执。

"哥哥，"高龙芭用一种讨好的口气说，"我也有点东西送你。你所穿的衣服在本乡是太美丽了。如果你穿着你这漂亮的礼服到草莽里去，不到两三天就会弄得破碎不堪的。你应该把它藏起来，等奈维尔姑娘来的时候再穿。"

接着，她便打开衣橱，取出了一套猎装。

"我给你做了一件天鹅绒的上衣，这里是一项便帽，本地的漂亮少年就是戴这种帽子的；我为你绣成已很久了。你试一下好吗？"

于是，她给他穿上了一件宽大的绿天鹅绒上衣，那上衣背后有一个极大的袋子。她又给他戴上一顶尖顶的黑天鹅绒帽，那帽子钉着黑玉，绣着黑花，顶上还结着一个璎珞。

"这是父亲的子弹带，"她说，"他的匕首在你上衣的口袋里。我再去给你找手枪来。"

"我这神气真像是昂比居—高米克剧场[1]里的强盗。"奥尔梭照着莎凡丽亚递给他的小镜子说。

"你这样装扮真漂亮极了，奥尔梭·安东，"那个老女仆说，"就是保加涅诺或是巴斯代里加地方的最漂亮的带尖帽子的人，也不会比你更漂亮！"

奥尔梭穿着他的新衣裳进早餐，吃饭的时候，他对妹妹说，他箱子里还有一批书籍；他还想到法兰西和意大利再去弄一些来，要她在书上多用点功。

"高龙芭，"他说下去，"因为像你这样大的女孩子还不知道大陆上的孩子一脱离保姆就学习的事物，是很可羞的。"

"你的话不错，哥哥，"高龙芭说，"我很知道我缺少什么，

---

① 昂比居—高米克剧场（I'Ambigu—Comique）在巴黎圣玛尔丹大街（Boulevard St.Martin），以演通俗传奇剧著名，剧中常有强盗出现。——译者

我只想多读点书，尤其是如果你肯教我的话，那是再好也没有了。"

高龙芭好几天没有提起巴里岜尼的名字。她一直小心侍候着哥哥，而且时常和他谈起奈维尔姑娘。奥尔梭教她读法国和意大利的作品，她时常让奥尔梭惊奇不已，有时是因为她观察之正确和有条理，有时却是因为她对于最通俗的事物的毫无认识。

一天早晨，吃过早餐之后，高龙芭离开了房间一会儿，回来的时候，没有像平常那样带着一本书和一些纸，头上却披着一条披巾。她的神色比平时更为严肃。

"哥哥，"她说，"请你和我一同出去一下。"

"你要我陪你到哪里去？"奥尔梭说着，伸出臂膊去让她挽。

"我用不到你的臂膊，哥哥，可是请你带着你的枪和你的子弹盒。男子汉出外不可不带武器。"

"不错！应该照这样办。我们到哪里去呢？"

高龙芭没有回答，把披巾缠在头上，唤了守夜狗，便由哥哥伴着出去了。她大步走出了村庄，做了一个手势，让那只狗（它好像很熟识这种手势）走在她的前面；然后，走上了一条蜿蜒在葡萄蔓之间的凹路。那只狗立刻曲曲折折地在葡萄蔓之间跑起来，有时在这边，有时在那边，老是离开女主人五十步远近，有时在路上停下来望着她摇尾巴，好像是很尽了它的侦察的职分。

"如果莫斯惜多吠起来，"高龙芭说，"哥哥，你便装上枪弹，站着别动。"

出村庄约半英里，经过了许多转折之后，高龙芭突然在路拐角的一个地方停了下来。那里有一个小小的金字塔形的树枝堆，有些树枝还是绿的，有些已经枯干了，堆得有三尺高的光景。树枝堆顶上露出一个涂成黑色的木十字架。在高尔斯的许多区域中，特别是在山间，有一个古老的习惯——或许这和异教的迷信有关——就是过路人必须在暴死的人的死处，丢上一块石头或是一根树枝。

只要人们还没有忘了他的惨死，在悠长的岁月之间，这种奇怪的献物便一天一天地堆积上去。人们称之为某人的"堆"，某人的 mucchio[①]。

高龙芭在这树枝堆前面站住了，折了一枝杨梅树枝，加到金字塔上去。

"奥尔梭，"她说，"我们的父亲就死在这里。哥哥，为他的灵魂祷告吧。"

于是她跪了下来。奥尔梭也学着她的样。这时候，村里正好慢慢地响起一阵钟声，因为夜里死了一个人。奥尔梭不禁怆然泪下。

几分钟之后，高龙芭站了起来。她的眼睛并没有湿，但是脸色异常紧张兴奋。她用大拇指迅速地画了一个十字——她的同乡习惯于用这一动作来表明自己誓言的庄严——接着便拉着哥哥回村去。两人都一声不响地回到家里。奥尔梭进了自己的房间。不久高龙芭也进来了，手里拿着一个小匣子，她将它放在桌上。她打开匣子，取出一件血痕斑斑的衬衫来。

"这是父亲的衬衫，奥尔梭。"

说完她把衬衫丢在他膝上。

"这就是打死他的子弹。"

她把两粒生锈的子弹放在那件衬衫上。

---

① Mucchio，意大利文，意为"堆"。——译者

"奥尔梭,我的哥哥!"她扑到他怀里,使劲抱住他,喊道,"奥尔梭,你一定要为他报仇!"

她差不多是发狂般地吻着他,吻着弹丸和衬衫,然后走出房去,让她的哥哥一动不动地坐在椅子上。

奥尔梭寂然不动地坐了一会,不敢把这些可怕的遗物拿开。最后,他鼓起劲来,把它们重新放进小匣里去,然后跑到房间的另一端,投身在床上,脸朝着墙壁,把头埋在枕头里,好像是要避免看见鬼魂似的。妹妹的最后几句话不停地在他耳鼓里响着,他好像听到了一种命定的,无可逃避的神谕,向他要求流血,流无辜者的血。这不幸的青年人,此刻头脑里像疯人一样,一片纷乱,他的这种种感觉我也无法——描摹。他一动不动地躺了很久,连头也不敢转一下。最后他站了起来,关上小匣,急急忙忙地走出屋子去,在田野里漫无目标地奔跑着,自己也不知道向哪里去。

新鲜空气渐渐地舒展了他的胸襟,他镇定下来了。开始冷静地考虑自己的处境和解脱的办法。诸君已经知道,他绝不怀疑巴里岂尼家的人是杀人凶手,但是他恨他们不该伪造强盗阿高斯谛尼的信,而这封信,他觉得至少是他父亲死于非命的起因。告他们伪造文书之罪,他认为是不可能的。在这种情形下,家乡的偏见和高尔斯人的本能不时地来侵袭他,使他想到随便在哪一条小径的拐角上,很容易地就可以把仇给报了。但是,他又会想到军队中的同僚,巴黎的客厅,特别是奈维尔姑娘,于是,每次都憎恶地把这种念头赶紧抛开。接着他又想到妹妹的责备,他身上还残留着的高尔斯人的性格,使他承认妹妹的责备是正当的,这样,这种责备的分量显得更重,他内心也就格外痛苦了。在这场良心与偏见的争斗中,唯一的希望,便是假借某一个名义和律师的某个儿子惹起口角，然后同他决斗，用子弹或是用剑干掉对方；只有这样，才能调和他高尔斯人的观念和法国人的观念。打定了这样的主意之后，又想着执行的方法，他觉得已经如释重负。同时，还有一些别的更愉快的念头，也来帮着平定他狂乱的心绪。西赛罗①因爱女都丽亚之死而陷于绝望之中，但当他聚精会神地想着如何用美丽的言语来悼念她的时候，居然忘记了自己的悲痛。宣第先生②痛丧爱子，他在讲述这件不幸的过程中得到了慰藉。奥尔梭现在也可以对奈维尔姑娘描述自己的心境，而且这种描述必定能强有力地使那个美人发生兴趣。奥尔梭想到这里，热血便完全清凉下来了。

他正走在回村去的路上（他不知不觉地已经离开村庄很远），忽然听到一个小姑娘唱歌的声音。她准是以为四下没有人，便在一条靠近草莽的小径上唱起歌来。那是一个作挽歌用的曲子，舒缓而又单调，女孩子这样唱着："留着我的十字勋章，留着我的血衫，给我的儿子，给我远在他乡的儿子看……"

"小姑娘，你在唱什么？"奥尔梭突然现身出来，怒气冲冲地说。

"原来是你，奥尔梭·安东！"女孩子有点吃惊，"这是高龙芭小姐作的一支歌……"

"不准你唱。"奥尔梭用一种可怖的声音说。

---

① 西赛罗（Marcus Tullius Cicero），古罗马的演说家和历史学家，生于纪元前一〇六年，死于纪元前四十三年。他的爱女都丽亚（Tullia）之死是他生命史上的一个重大的打击，他的书简上常说到她。——译者（西赛罗今一般译西塞罗，他又是著名政治家和哲学家，著述丰富，今存大批演说及政治与哲学论文。其文体流畅，被誉为拉丁文的典范。——编者）

② 宣第（Shandy）是英国作家劳伦斯·施丹（Lanrence Sterne）的著名小说《屈里斯屈伦·宣第》（Tristram Shandy）中的主角。——译者（施丹今一般译施特恩，1713—1768，英国感伤主义文学的主要代表。《屈里斯屈伦·宣第》为其主要作品，今一般译《特利斯特兰·香代》。——编者）

女孩左顾右望，好像在找一个避身的地方，而且，如果能舍得下她脚边草地上的那个大包裹，她一定早已逃走了。

奥尔梭对于自己的粗暴很抱愧。

"我的孩子，你带着的是什么？"他尽可能柔和地问。

岂里娜踌躇不答，他便揭开那包裹的麻布来，看见里面有一个面包和一些其他的食品。

"好乖乖，你把这面包带给谁去？"他问。

"你是很知道的，先生！带给我的叔叔去。"

"你叔叔不是强盗吗？"

"奥尔梭·安东先生，听你使唤。"

"如果宪兵碰到了你，他们会问你到哪里去……"

"我会对他们说，"那女孩子毫不踌躇地回答，"我送饭去给那些斩除草莽的卢加①人吃。"

"那么如果你碰到了饿肚子的猎人，想靠你吃饭，把你的粮食拿了去呢？……"

"他不敢的。我会对他说，这是送到我叔叔那儿去的。"

"好，他可决不是那种会受人蒙骗而放过了自己食物的人……你叔叔爱你吗？"

"哦！爱我的，奥尔梭·安东。自从我的爸爸死了以后，他便来照顾我们一家，照顾我的母亲，照顾我和我的小妹妹。在我妈妈未生病的时候，他常荐她到有钱人家里去做事。自从我叔叔去说过之后，村长每年送我一件衣裳，教士也把《教理问答》讲给我听，又教我读。可是待我们特别好的是你的妹妹。"

这时，小径上出现了一只狗，小姑娘把两只手指放进唇里，

---

① 卢加（Lucca）是比塞附近的一个镇，那地方的人常到高尔斯去做短工。——译者

作了一声尖锐的呼哨，那只狗便立刻跑到她身边来，向她摇尾乞怜，接着又突然钻进草莽里去。一会儿，离奥尔梭没几步远的树丛后面站起两个衣衫褴褛，但是武装整齐的人来。你简直可以说他们是像蛇一样地从那蔽着地的桃金娘和金雀花丛间爬过来的。

"哦! 奥尔梭·安东，欢迎欢迎! "两人中年岁稍长的那个人说，"怎么! 你不认识我了吗? "

"不认识。"奥尔梭仔细看着他。

"真奇怪，一把胡子，一顶尖顶帽，会把你变成另一个人! 喂，我的中尉，仔细认一认吧。难道你忘记了滑铁卢的故人吗? 难道你不记得在那不幸的日子里，在你旁边咬开许多子弹盒的①勃朗多·沙凡里了吗? "

"什么! 是你吗? "奥尔梭说，"你在一八一六年私逃了! "

"你说得很对，我的中尉，天哪，当兵真麻烦，而且我在这里有一笔账要算。啊! 啊! 岂里，你真是一个好孩子，快点拿东西来给我们吃，我们都饿了。在草莽里胃口有多大，我的中尉，你是想象不出的。这是谁送给我们的，是高龙芭小姐还是村长? "

"都不是的，叔叔，这是磨坊主人的女人叫我送给你的，她还送了一条被子给妈妈。"

"她要我做什么事? "

"她说她雇来开拓草莽的卢加人，现在要她三十五个苏，还要栗子，说是因为在比爱特拉纳拉的南部很炎热。"

"那些懒人! ……让我看着办吧。——别客气，我的中尉，

---

① 从前的子弹和现在的不同，子弹和火药得分两次装。子弹盒里盛着火药和子弹。装枪之前，必须先弄开子弹盒。在滑铁卢之役的决战中，兵士不得不用牙齿咬开子弹盒来。——译者

一起来吃一点好吗？我们的可怜的同乡①被罢黜的时候，我们一起吃过最坏的饭啊。"

"多谢。我也被罢黜了。"

"是啊，我听说是这样；可是我可以赌咒，你不会因此而不高兴的。你也有你的账要算啊——喂，'教士'，"强盗对他的伙伴说，"吃吧！——奥尔梭先生，我来给你介绍，这是'教士'先生，我不太清楚他是不是有教士的头衔，可是他有教士的学问。"

"一个被人妨碍去尽天职的可怜的神学学生，先生，"那第二个强盗说，"谁知道？不然我可以做主教呢，勃朗多拉丘。"

"那么，究竟为了什么原因把你从教会撵出来了呢？"奥尔梭问。

"一点小事情，就是我的朋友勃朗多拉丘所说的，一笔要算的账。我在比塞大学埋头读书的时候，我的一个妹妹跟人闹起恋爱来。我只得回乡来把她嫁掉。可是她的未婚夫太着急了，在我到家的前三天就害热病死了。我便去找死者的哥哥——你如果处了我的地位，也一定会这样办的。但他们对我说他已经结了婚。怎么办呢？"

"这实在是件麻烦事。你怎么办呢？"

"遇到这情形便不得不请枪机上的燧石帮忙了。"

"这就是说……"

"我往他头里打了一粒子弹进去。"强盗若无其事地说。

奥尔梭吃了一惊，然而，好奇心，或许还有推迟归家时间的愿望，都使他逗留在那里，继续和两个强盗谈话，那两人的头脑里至少各装着一件暗杀事件。

---

① 指拿破仑。——译者

勃朗多拉丘在伙伴谈着话的时候，把面包和肉放在面前；自己先吃着，接着又分给他的狗吃。他把那只狗介绍给奥尔梭，说它名叫勃鲁斯哥，有辨识巡逻兵的惊人天赋，随便巡逻兵怎样改装，它都认得出来。最后他又切了一块面包和一片熏火腿给侄女。

"强盗的生活是有趣的生活啊！"那个专修神学的大学生在吃了几口后喊着，"代拉·雷比阿先生，或许你将来也会来试试吧，那时你便会觉得无拘无束是多么有味儿了。"

一直到这时，那个强盗都是用意大利语谈话的；这时他改用法国话说下去：

"在一个青年人看来，高尔斯并不是一个很有趣的地方；可是在一个强盗看来呢，那就大不相同了！女人们为我们都发了狂。你瞧像我这样的人，都有三个情妇在三个不同的村子里。我是到处在自己的家里，而且其中有一个竟是一个宪兵的老婆。"

"你懂得很多种语言，先生。"奥尔梭庄重地说。

"我之所以要说法国话，你瞧，是因为 maxima debeturpueris reverentia①。勃朗多拉丘和我，我们都愿意让这小女孩子学得好好的。"

"等她到了十五岁，"岜里娜的叔叔说，"我要把她好好地嫁出去。我已经看中一个人了。"

"将来是由你去求婚吧？"奥尔梭说。

"当然啰。如果我对一个本地的有钱人说：'鄙人勃朗多·沙凡里，如得令郎娶米谢琳娜·沙凡里为妻，则不胜荣幸。'你以为他会叫我求之再三才允许吗？"

---

① 意为"最大的敬意当归之于青年"。——译者（原文为拉丁文。——编者）

　　"我不劝他这样做，"另一个强盗说，"他的手段有点不高明。"

　　"如果我是一个流氓，"勃朗多拉丘继续说下去，"一个混蛋，一个造假东西的，我只要打开我的背囊，五苏的钱会雨也似的滚进来。"

　　"那么你的背囊里，"奥尔梭说，"有什么吸引它们的东西？"

　　"一点也没有；但是只要我像有人干过的那样，写一封信给一个有钱人：'我要一百个法郎。'他们会急忙送来的。可是我是一个规矩人，我的中尉。"

　　"你知不知道，代拉·雷比阿先生，"那个被自己的伙伴称为教士的强盗说，"你知不知道在这个人情单纯的地方，却有几个混蛋，利用人们因我们的护照（他指了指他的枪）而对我们起的敬意，来假造我们的笔迹而骗取付款单吗？"

　　"我知道，"奥尔梭急急地说，"可是什么付款单呢？"

　　"六个月之前，"那强盗说下去，"我在奥莱沙附近散步，忽然有一个大傻瓜远远地向我脱帽，走过来对我说：'啊！教士先生（他们都这样称呼我），对不起，请你宽限我一些时候吧；我只弄到了五十五个法郎；真的，我所能弄到的一共只有这些。'我十分惊奇：'你说些什么，傻瓜！五十五个法郎？'我对他说。——'我的意思是说六十五个，'他回答我，'可是你要我一百个，那是无论如何也没有办法的。'——'怎么，混蛋！我向你要一百个法郎！我认也不认识你。'——于是他拿出一封信，或者不如说，拿出一片肮脏的破纸，交了给我，信上说要他在指定的地点放一百个法郎，否则乔冈多·加斯特里高尼（这是我的名字）便要烧掉他的房屋，杀掉他的牛。他假造了我的签名，真可恶极了！而尤其可恨的是，那封信是用土话写的，满纸都是文法错误……我这得过大学里所有的奖的人，我会犯文法上的错误！我先打了那傻子一个嘴巴，打得他团团地转。——'啊！你当我是一个贼，你这混蛋！'我这样对他说，又狠狠地在他身上某部位踢了一脚。气稍稍平了一点以后，我问他：'你什么时候带钱到那个指定的地方去？'——'就是今天。'——'好吧！你送去吧。'——那是在一棵松树下，信上把地点说得很仔细。他带着钱去了，把它埋大树脚下，然后回来找我。我便埋伏在附近。我和那个家伙在那儿足足等了六个钟头。代拉·雷比阿先生，就是要三天我也会等。六个钟头之后，一个巴斯谛阿小子①出现了，是一个可恶的放印子钱的人。他弯下身去取钱，我一枪打过去，瞄得那么准，使他倒下去的时候头恰巧落在他所掘起来的钱上。我对那个乡下人说：'现在，把你的钱拿回去吧，笨蛋！再不要乱疑心乔冈多·加斯特里高尼会干这种卑鄙的勾当。'那个可怜虫浑身发着抖，拾起了他的六十五个法郎，揩也不揩一揩。他向我道谢，我又请他吃了一脚作为告别，他便飞奔而去了。"

"啊！教士，"勃朗多拉丘说，"你这一枪真叫我羡慕。你一定痛快地大笑了一场吧？"

"我正打中了那个巴斯谛阿小子的鬓角，"那强盗继续说下去，"这使我记起了维吉尔的这两句诗：

…Liquefacto tempora plumbo

Diffidit，ac multa porrectum extendit arenâ.②

---

① 山间的高尔斯人是憎恶巴斯谛阿的居民的，他们不把他们认同为同国人。他们从来不说 Bastiese（巴斯谛阿人），却说 Bastiaccio：众所周知，accio 这词尾通常总带有轻蔑的意思。——作者原注

② 意为："他用了熔铅，劈开了他的鬓角，使他直挺挺地躺在广阔的沙地上。"见古罗马大诗人维吉尔之《艾耐伊特》（Aeneid）第九章。——译者（原文为拉丁文。——编者）

"Liquefacto！奥尔梭先生，你想一个铅弹在空中飞驰过去的速度，会使它熔化吗？你是研究过弹道学的，你应该能告诉我，这是一个错误呢还是一件事实？"

对奥尔梭说来，与其和这位学士①辩论他行为的道德问题，不如和他讨论这个物理问题。那个对于科学的论辩毫不感兴趣的勃朗多拉丘，打断了他们的论辩，说太阳快下山了。

"既然你不肯和我们一块儿吃饭，奥尔梭·安东，"他对他说，"那么我劝你不要再教高龙芭小姐久等了。而且在日落之后，走路总是不太方便。你为什么不带着枪出门呢？附近有歹人，得留心着他们。今天你用不着担心；巴里岂尼家人在路上碰到了知事，把他迎到家里去了；这样他便要先在比爱特拉纳拉住一天，然后再到高尔特去主持奠基礼……一件混蛋的事！今天晚上他睡在巴里岂尼家里，可是明天他们就有空了。那个文山德罗，是一个坏蛋，还有那奥尔朗杜丘，也不是好东西……你要想办法分别地找他们，今天这一个，明天那一个。可是你须得谨防着，我的话尽于此矣。"

"多谢你指教，"奥尔梭说，"可是我们之间并没有什么纠葛，除非他们来找我，我没有什么话要对他们讲。"

强盗把自己的舌头贴着内颊，讽刺地发出一个响声来，但是他并不回答。奥尔梭站起来想走了。

"对啦，"勃朗多拉丘说，"我还没有谢谢你的火药；它来得正是时候。现在我什么也不缺少了……就是还少一双鞋子……但是这几天里我要用羚羊皮来做一双。"

奥尔梭拿了两个五法郎的钱，轻轻地放在强盗的手里。

"送你火药的是高龙芭，这点是给你买鞋子的。"

---

① 见 74 页提起过勃朗多拉丘过去曾在比塞大学里攻读神学。——编者

"别胡闹，我的中尉，"勃朗多拉丘喊着，把钱还了他，"你当我是一个叫花子吗? 面包和火药我是收的，别的我什么也不要。"

"我们都是老兵，我想我们是可以互相帮忙的。好吧，再见!"

可是，在出发之前，他没让那强盗发觉，偷偷地把钱放进了他的背囊里。

"再见吧，奥尔梭·安东!"神学家说，"这几天里我们或许可以在草莽里见面，那时我们再继练研究我们的维吉尔吧。"

奥尔梭告别了那两个出色的同伴，一刻钟之后，忽然听见有人在自己的后面拼命地跑上来。那是勃朗多拉丘。

"这太叫人难堪了，我的中尉，"他气也喘不过来地喊着，"太叫人难堪! 这里是你的十法郎。如果别人这样做，我是一定不会宽放过这种恶作剧的。高龙芭小姐那儿请多多致意。你害我气也喘不过来了! 晚安。"

十二

奥尔梭发现高龙芭对于自己的久久不返很为担心；可是，一看见他，她便恢复了平时的表情——一种悲哀的平静状态。吃晚饭的时候，他们只谈些无关紧要的话，奥尔梭被妹妹平静的神气鼓起了勇气，便对她讲起和那两个强盗会面的经过，对于小岂里娜在她叔叔及叔叔的出色的同事加斯特里高尼君那里所受的道德的和宗教的教育，他甚至还大胆地开了几句玩笑。

"勃朗多拉丘是一个规矩人，"高龙芭说，"可是那加斯特里高尼，我听说是一个荒唐的人。"

"我想，"奥尔梭说，"他像勃朗多拉丘一样有价值，而勃朗多拉丘也像他一样有价值。他们两人都公开向社会挑战。第一次的犯罪每天把他们牵向新的犯罪；然而，他们或许并不和许多不住在草莽里的人们同样地有罪。"

他妹妹的额上显出了一道快乐的光。

"是呀，"奥尔梭说下去，"这些坏家伙也有自己的道德观念。把他们驱向这种生活的，并不是卑劣的天性，而是一种残酷的偏见。"

沉默了一会儿。

"哥哥，"高龙芭在为他倒咖啡的时候说，"你恐怕已经知道了吧，夏尔—巴谛斯特·比爱特里在昨天夜里死了？是的，他是害沼泽的热病死的。"

"这个比爱特里是谁？"

"是一个本村人，那个从我们垂死的父亲手上接了文书夹的玛德兰的丈夫。他的寡妇请我去参加守尸礼，还要我唱一点什么。你也应该去。他们是我们的邻人，而且，在像我们这样的小地方，这种礼节是不能免的。"

"这种守尸礼给我算了吧，高龙芭，我不愿看见我的妹妹在群众中抛头露面。"

"奥尔梭，"高龙芭回答，"每个地方都有自己礼敬死者的方式。ballata①是我们的祖先传给我们的，我们应当把它当古礼尊敬。玛德兰没有唱挽歌的'天赋'，而本地最好的voceratrice②老斐奥尔提丝比娜又病了。一定要有一个人去唱ballata。"

"你以为如果没有人在夏尔—巴谛斯特灵前唱几句歪歌，他在黄泉之下就找不着路了吗？高龙芭，你要去便去吧；如果你以为我是应该和你同去的，那么我便和你同去，可是不要即席吟歌；那在你的年纪是不相宜的，而且……我的妹妹，请你不要这样。"

"哥哥，我答应人家了。你知道这是本地的习惯，而且，我再对你说一遍，能即席吟歌的只有我。"

"愚蠢的习惯！"

"这样唱会使我很痛苦。这会使我回想起我们的一切不幸。明天我会因此而生病，但是我应该这样做。哥哥，请你答应我吧。你想一想，在阿约修，你还曾经叫我即兴吟歌，来取乐那位嘲笑我们旧习惯的英国姑娘。难道我现在不能为那些可怜的人们即席吟歌吗？他们会因此而感谢我，也会因此而减轻悲痛的。"

①② 参见第 17 页注①。——编者

"好，随你怎样办吧。我赌咒说你已经做好了你的ballata，你不愿意白白地丢了它。"

"不，我不能预先做，我的哥哥。我得站在死者的前面，想着留存在世上的人。等眼泪来到我眼里的时候，我便把涌到我的心头的东西唱出来。"

这些话全说得那么纯朴，使人怎样也不能怀疑高龙芭小姐是存着一点夸耀自己诗才的自负心。奥尔梭被说动了，便和妹妹一同去比爱特里家。在屋子的一间最大的房里，死者横陈在一张桌上，脸儿露出着，没有遮布。门和窗都开着，桌子的四周点着许多蜡烛。那寡妇站在死者的头边，在她后面，许许多多的妇女占着房间的整整的一隅；另一隅是一排排的男子，直站着，摘下了帽子，注视着尸身，深深地沉默着。每一个新来的客人都走到桌子边，吻着死者①，向死者的寡妇和儿子点一点头，然后一句话也不说地退到人群里去。然而，间或有一个吊客，对死者说几句话，打破了这庄严的沉默。"你为什么离开你的好妻子呢？"一个婆子说，"她不是小心服侍着你的吗？你还缺少什么啊？你的媳妇还会给你添一个孙子，你为什么不再等一个月呢？"

一个高大的青年人，比爱特里的儿子，握着他父亲冰冷的手，喊着："哦！你为什么不死于非命呢？我们是会给你报仇的啊！"

这便是奥尔梭进房间时所听到的第一句话。看见他进来，人们便让出了一条路；一片好奇的低语声，泄漏出来客们的期待之心，那是被voceratrice的来临所激起的。高龙苞吻了寡妇，握住她的一只手，垂下眼睛沉思了几分钟。随后把披肩向

---

① 这种习惯现在（一八四○年）在保加涅诺还是有的。——作者原注

后一抛，定睛望着死者，弯身向着尸身，脸色差不多和死者一样惨白，她便这样地开始了：

> 夏尔—巴谛斯特！愿上帝收容你的灵魂！——生活就是受苦。现在你到了一个地方——一个既没有太阳又没有寒冷的地方。你已用不着你的镰刀——也用不到你的沉重的锄头——你已不用劳动了——从今以后你每天都是礼拜日了——夏尔—巴谛斯特，愿基督收容你的灵魂——你的儿子会治理你的家——我曾经看见一棵橡树——被西风吹枯而倒落——我以为它已经枯死——我再经过的时候，它的根——却已抽出了新芽——新芽又变成了一棵橡树——有着广大的浓荫——在它的有力的枝叶下，玛德兰，你休息着吧——别忘了已经没有了的那棵橡树。

这时候，玛德兰放声大哭起来，还有两三个男子，有时向基督教徒开起枪来像打竹鸡一样若无其事的，也在他们的黑脸上拭着大滴大滴的眼泪。

高龙芭这样地继续唱了一些时候，有时对死者说话，有时对死者的家属说话，有时又照着那 ballata 里常有的拟托法，假托死者说话，来安慰他的朋友或是指教他们。在她信口歌吟着的时候，她的脸儿带着一种无比庄严的表情；脸色晕上了一重透明的蔷薇色，把她皎洁的牙齿和她的扩大了的光辉的瞳子衬托得格外鲜明。她简直是坐在三脚椅上的希腊巫女。除了几声叹息，几声窒住的呜咽外，挤在她四周的群众中，一点轻微的声音都听不到，对于这种野蛮的诗，奥尔梭虽则不像别人那样容易受感动，不久却也被普遍的情绪所感染了。他躲到客厅的一个暗角里，像比爱特里的儿子一样地哭泣着。

　　突然，听众中起了一种轻微的骚动：人圈子让出了一条路，接着有几个陌生人走了进来。看人们对他们所表示的敬意，人们为他们让路的殷勤态度，他们显然是重要的人物，他们的光临对主人家来说是很荣幸的。然而，为尊敬 ballata 起见，没有人对他们说一句话。第一个进来的人，看上去有五十岁光景。他那黑色的礼服，那缀着玫瑰花形结的红绶带，脸上那种威严和自负的神气，一下就使人猜出他是知事。跟在他后面的是一个佝背的老人，带着易怒的脸色，戴着一副蓝眼镜，但并未把他那胆怯而不安的目光好好地掩住。他穿着一件过大的不合身的礼服。礼服虽则还很新，但可以看出显然是许多年前做的。他一直站在知事的身旁，你简直可以说，他是想躲在知事的影子里。最后，进来了两个高大的青年人，被太阳晒黑了的脸，浓密的胡子遮住了两腮，目光傲慢而骄矜，显露出一种无礼的好奇心。奥尔梭早已忘记了本村人们的面相；可是一看见这戴蓝眼镜的老人，旧日的记忆便立刻在心头醒了过来。他是紧跟着知事进来的，单这一点，便足够使奥尔梭明白他的身份了。他便是巴里岂尼律师，比爱特拉纳拉的村长，他带着他的两个儿子同来，是为了陪知事来见识见识所谓 ballata。这时候，奥尔梭的心灵状态真是难以形容，但是父亲的仇人的出现，在他心头激起了一种憎恶之感，怀疑曾经长久纠缠着他，而此刻，他觉得自己倾向于肯定这种怀疑了。

　　至于高龙芭，一看见那个她所深恶痛绝的人，她的富于表情的面容立刻呈现出一种凶色。她的脸发青了，声音变哑了，刚开始的诗句，也在她唇间中止了……可是不久她又开始了她的 ballata，她带着一种新的激奋继续唱下去：

一只苍鹰——在空巢前悲鸣——掠鸟们在周围飞翔——侮辱着它的沉哀。

这时人们听到了一阵忍住的笑声；无疑，这是那两个新来到的青年人觉得这比喻太露骨了一些。

那只苍鹰将醒来，它将展开它的翅翼——它将在血里洗它的嘴！——而你，夏尔—巴谛斯特——你的朋友们来向你作最后的告别——他们的眼泪已经流尽——只有可怜的孤女不曾为你而哭——她为什么要哭你呢？——你是在你的家庭间——活够了而长眠——预备好了——去见"全能"的——孤女却在哭自己的父亲——他为懦怯的暗杀者所袭——从后面被打死——她的流着赤血的父亲——现在是在青枝的堆下——可是她已收起了他的血——那尊贵而无辜的血——她把血洒在比爱特拉纳拉——让它成为一种致命的毒物——比爱特拉纳拉会永远留着印迹——一直到那罪犯的血——洗去了无辜的血迹。

念完了这些词儿，高龙芭便倒在一张椅子上，用披巾掩住了脸，于是人们便听到她在呜咽着了。妇女们流着眼泪拥在即席歌人的周围；许多男子恶狠狠地望着村长和他的儿子；有几个老人因他们到这里来而数落起他们的丑事。死者的儿子在拥挤的人群中分出一条路，想去请村长赶快离开此地；可是村长不等他来请，已走了出去，他的两个儿子也已经在路上了。知事向小比爱特里致了几句吊慰之词，也立刻跟着他们出去了。奥尔梭走到妹妹的身旁，挽住她的手臂，把她扶出客厅去。

"去伴送他们，"小比爱特里对他的几个朋友一说，"当心，不要叫他们出了什么事！"

两三个青年人急急地把短刀放在左手衣袖里，把奥尔梭和他的妹妹一直送到他们的家门口。

十三

高龙芭是气尽力竭，一句话也说不出来了。她把头靠在哥哥的肩上，紧紧地握着他的一只手。奥尔梭虽则对她歌词的最后一段暗中不满，但连稍稍责备她的勇气都没有。他静静地等待着，等她神经的那阵激奋状态平息下来。忽然门外有人敲门，莎凡丽亚惊惶失措地跑进来通报："知事先生！"听到这句话，高龙芭好像对于自己的不中用非常惭愧，她站了起来，倚身在一张椅子上。那张椅子在她的手下明显地颤动着。

知事先说了一篇为不速来访告罪的客套，安慰了高龙芭小姐，然后谈到强烈的感情的危险，批评了哭灵的习惯，说在那种场合，voceratrice 越有天才，来客便越发难过。说到这里，他巧妙地转过来，对于最后这段即席歌吟的含意，轻微地责备了几句。接着，他换了一种口气，说道：

"代拉·雷比阿先生，你的英国朋友们托我向你道候，奈维尔姑娘向令妹多多致意。我还为她带了一封信来给你。"

"奈维尔姑娘写的吗？"奥尔梭喊道。

"不巧我没有带在身边，可是五分钟之后你就可以拿到它。她父亲身体曾感不适。我们一时竟以为他害了这里那种可怕的热症。幸亏他现在已经好了，这你可以亲自观察出来，因为我想你不久就可以看见他了。"

"奈维尔姑娘一定很担忧吧？"

"幸亏她只在事后才知道危险。代拉·雷比阿先生，奈维尔姑娘不断对我谈起你和令妹。"

奥尔梭鞠躬作答。

"她和你们二位都很友善。在她风度翩翩的轻飘的外表下，藏着一种善良的意识。"

"她确是一个可爱的人。"奥尔梭说。

"我可以说是为了她的请求才到这里来的，先生。我比谁都更清楚地知道一个不幸的故事，虽然我很不愿和你提起它来。既然巴里岂尼先生还是比爱特拉纳拉的村长，我还是本区的知事，那么我用不着对你说，我对于某些猜疑是多么重视；这些猜疑，如果别人告诉我的话没有错，那么有些不谨慎的人们早已向你提起过了，不过我想，你必然已经斥责了他们，你的地位、你的性格都使我们相信你会这样做的。"

"高龙芭，"奥尔梭在椅子上不安地挪动了一下，"你已很累了。应该去睡了。"

高龙芭摇头否认。她已恢复了她平时的镇静，目光炯炯地望着知事。

"巴里岂尼先生，"知事继续说，"很希望消去这种嫌隙……或是说，结束你们之间的这种猜忌局面……在我呢，我很乐意看见你能和他建立起一种友谊关系，你们是应当互相尊敬的人……"

"先生，"奥尔梭带着一种感动的声音说，"我从来没有冤枉巴里岂尼，说他暗杀了我的父亲；可是他干了一件事，使我不得不和他断绝往来。他伪造了一封某个强盗署名的恐吓信……至少他暗地里使人相信那封信是家父写的。先生，可能这封信便是他被害的间接原因。"

知事沉思了一会儿。

"尊大人脾气急躁，在同村长争讼的时候相信是这样，那是可以原谅的；可是在你呢，这么盲目便是不可原谅的了。想一想吧，巴里岂尼伪造这封信于自己是毫无好处的……我不来向你讲他的性格……你还完全不了解他的性格，你已存了一种不满他的偏见……可是你不能假定他这么一个懂得法律的人……"

"可是，先生，"奥尔梭站起身来说，"请你想一想，对我说那封信不是巴里岂尼先生伪造的，那等于是说，是我父亲假造的。他的名誉，先生，也就是我的名誉。"

"代拉·雷比阿上校的名誉，先生，"知事接下去说，"是没有人不佩服的，尤其是鄙人……可是……写那封信的人现在已查出了。"

"谁?"高龙芭向知事走过去问。

"一个歹人，一个犯过许多案子的罪人……这些罪案你们高尔斯人是决不饶恕的，是一个贼，现在关在巴斯谛阿牢里，叫什么多马索·皮昂西，他承认是他写了那封不幸的信。"

"我没听说过这个人，"奥尔梭说，"他写这封信的目的是什么呢?"

"他是一个本地人，"高龙芭说，"从前替我们管磨坊的人的兄弟。他是一个刁恶的说谎的人，我们不值得相信他。"

"他这样做的好处，"知事说下去，"听我说下去你们就知道了。令妹所说的那个管磨坊的人——我想他叫戴奥陀尔吧——是尊大人的一个磨坊的租用人，那个磨坊坐落在一条水流上，就是巴里岂尼先生和尊大人争着所有权的那条水流。尊大人一向宽宏大量，他并不靠自己的磨坊来赚什么钱。多马索以为，如果巴里岂尼先生得到了那条水流的所有权，将来租户便得出一大笔租钱，因为大家知道巴里岂尼先生是很爱钱的。总而言之，为替自己的哥哥尽力，多马索便假造了强盗的信，就是这么一回事。你是知道的，高尔斯人的家族关系是那么密切，有时竟会因此而犯罪……请你看一看高等检察官写给我的这封信，它将对你证实我刚才所说的话。"

奥尔梭看着那封详细地写着多马索的供状的信，高龙芭同时从她哥哥的肩后读着。

读完了她喊道：

"一个月之前，大家知道我哥哥快要回来的时候，奥尔朗杜丘·巴里岂尼到巴斯谛阿去过一趟。他一定见过多马索，而从他那里买了这篇谎话来。"

"小姐，"知事不耐烦地说，"你总是从恶意的假说出发来解释一切事情；这难道是探究事实的方法吗？先生，你是平心静气的，请你告诉我，你现在是如何设想的？你是否也像令妹一样，以为一个罪并不很重的人，会为一个自己所不认识的人卖力，从而甘愿担当假造文书的罪名吗？"

奥尔梭把高等检察官的信字字用心地又看了一遍，因为自从见过巴里岂尼律师以来，他觉得自己不能像前几天那样轻信了。但最后他不得不承认，这种解释在他看来是使人满意的。可是高龙芭使劲地喊着：

"多马索·皮昂西是一个狡猾的人。我可以肯定地说，他不会被定罪的，要不，他会逃出来的。"

知事耸了耸肩。

"先生，"他说，"我已把我所得到的消息告诉了你。现在我要告退了，让你自己去思索一下。我期待着你的理智会使你清醒过来，我希望，你的理智能克服……令妹的猜疑。"

奥尔梭把高龙芭责备了几句后，又说，他现在相信多马索是唯一的罪人。

知事站起来预备走了。

"如果天不是这么晚，"他说，"我一定会请你和我同去拿奈维尔姑娘的信……趁此机会你可以把你刚才对我讲的话对巴里岂尼先生讲一遍，那就什么事都没有了。"

"奥尔梭·代拉·雷比阿决不会踏进巴里岂尼的家门！"高龙芭激烈地喊道。

"小姐好像是一家的 tintinajo①。"知事带着一种嘲讽的神气说。

"先生，"高龙芭坚决地说，"你受了别人的欺骗了。你还不知道那律师是何等样人。他是最狡猾的、最奸刁的人。我求你，不要教奥尔梭做一件大丢面子的事。"

"高龙芭！"奥尔梭喊着，"冲动的感情使你失去理性了。"

"奥尔梭！奥尔梭！凭着我交给你的那小匣子，求求你听我的话吧。在你和巴里岂尼家人之间，有着父亲的血，你决不能到他们家里去！"

"妹妹！"

"不，哥哥，你不能去，否则我便离开这里，永远不和你相见了……奥尔梭，请你可怜我吧。"

说着她跪了下来。

"看见代拉·雷比阿小姐这么不懂事，"那知事说，"我心里很难受。我相信你一定能说服她。"

他把门开了一半，站住了，好像在等奥尔梭跟他一起出去。

"我现在不能离开她，"奥尔梭说，"……明天，如果……"

"我很早就要动身的。"知事说。

"哥哥，"高龙芭喊着，"那么至少请你等到明天早晨吧。让我再去看看父亲的文件……这点你总可以答应我的吧。"

"好吧！今天晚上你就去看看吧，可是看过以后，至少不

---

① 人们称那系着一个铃的带领羊群的牧羊为"tintinajo"，因而人们便以此名比喻那在一家中指挥一切重要事情的人。——作者原注

要再用那种狂热的仇恨来和我纠缠……知事先生，千万请你原谅……我自己也觉得很不适意……还是明天好一点。"

"一觉醒来万事清，"知事在告退的时候说，"我希望，明天你一切的犹豫都消除了。"

"莎凡丽亚，"高龙芭喊着，"拿灯笼送知事先生过去。他有一封信交给你带来给我哥哥。"

她又加了几句只有莎凡丽亚一人听得到的话。

"高龙芭，"知事走了以后，奥尔梭说，"你使我很痛苦。难道你永远不愿意明白事理吗？"

"你已约我到明天了，"她回答，"我没有充分的时间，但是我总还存着希望。"

接着她便拿了一串钥匙，跑到最高一层楼的一间房子里去了。在那里，你可以听到她在急急忙忙地开着抽屉，又在代拉·雷比阿上校从前安放重要文件的写字台里翻寻着。

十四

　　莎凡丽亚去了很久，等她拿着一封信回来，奥尔梭已等得很不耐烦了。小岜里娜跟在莎凡丽亚的后面，擦着眼睛，因为她是从好梦中被唤醒的。

　　"孩子，"奥尔梭说，"这个时候你到这里来做什么？"

　　"小姐叫我来的。"岜里娜回答。

　　"她要她来干什么鸟事？"奥尔梭想着，可是接下去他便急急地拆开了李迭亚小姐的信，而在他读信的时候，岜里娜便上楼到高龙芭房里去了。

　　奈维尔姑娘信里说：

　　　　先生，家父略有不适，而且他一向懒得写信，所以我不得不为他尽书记的职务。那一天，你是知道的，他没有和我们一起去欣赏风景，却在海边弄湿了他的脚，而在你们这可爱的岛上，只是弄湿了脚这一点小事，就可以使一个人发热了。我在这里想象得出，你读到这一句话时所扮的鬼脸；你一定在找你的短刀了，可是我希望你已经没有了短刀。是的，家父发了一点热，而我受了许多惊；那位我到现在还坚持说是很有趣的知事，给我们派来了一个也是很有趣的医生，他竟在两天之内，把家父和我都从困难中救了出来：热不再发了，家父又想去打猎了；可是我现在还不放他去。——你觉得你山间的家怎么样？你的北方堡垒还在原处吗？那里有鬼吗？我向你提出这些问题，是因为家父记起你答应过他，可以让他打到斑鹿、野猪、羚羊……那些野兽的名字是这样的吗？去巴斯谛阿上船的时候，我们打算上你们家来做客，希望代拉·雷比阿府第，你说是那么旧那么破的，不会塌下来压在我们的头上。知事是那么有趣，和他谈起话来，不愁没有话题——可是 by the bye①，我自信已把他弄得很服帖了。——我们谈起过你。巴斯谛阿的司法界人士送了一些供状给他，那上面记的是他们关在牢里的一个无赖的供词。这些供状想必可以祛除你最后的一些怀疑。你那有时使我担忧的嫌隙，从此可以消除了。你想不到，这使我有多么快乐！那天你手里拿着枪，眼神里透着忧愁，和美丽的 voceratrice②同上路的时候，我觉得你比平时更像一个高尔斯人……简直是十足的高尔斯人了。好了！我写这样长的信给你，是因为我实在闲得有点无聊。知事就要动身了。哦！我们要上路到你们山间来的时候，将派人再送一封信给你，那时我将要冒昧地给高龙芭小姐写信，向她讨一块 bruccio③，masolenne④。现在，请你向她多多致意。她的短刀我重用着，我用它来裁我所带来的一本小说；可是这把不平凡的刀，看来不太适宜这种事，把我的书弄得破碎不堪。再见吧，先生；家父向你们致 his best love⑤。希望你听知事的话，他是一个能出好主意的人。我想，他是特意为了你而绕道的；他要到高尔特去主持奠基礼；这想必是个很隆重的仪式，我不能去参加很引为憾事。请想一想：一位先生

---

① 意为"却说"，"又讲"。——译者
② 挽歌女，见第17页注①。——编者
③ 见第50页注①。——编者
④ 意思是说"特别的一块"。——译者
⑤ 英文，直译为"最好的爱"，此处可理解为"最热诚的情意"。——编者

穿着绣花礼服、丝袜子，披着白绶带，手里拿着一把泥抹子！……还有一篇演说；仪式结束时还要众口高呼‘国王万岁’。——我写了满满的四张纸给你，你一定会因此而自命不凡了；可是，先生，我再对你说一遍，我实在是闲得发慌，为了这个缘故，才写这样长的信给你。不错，我觉得很奇怪，你为什么至今没有通知我，你已安抵比爱特拉纳拉堡了。

李迭亚

　　附笔：我请你听听知事的意见，且照他的话去做。我们大家都以为你应该那样办，而且这样会使我快乐。

　　奥尔梭把这封信读了三四遍，每读一遍心里总要加上无数的注解；接着，他写了一封长长的回信，叫莎凡丽亚交给一个村里的人，让他连夜送到阿约修去。他已经不想再和妹妹争论对于巴里岂尼的仇恨有无根据，李迭亚小姐的信已使他对一切都抱乐观态度。他的疑忌和仇恨都已消失。他想等妹妹下楼，但等了一会，总不见她下来，便去睡觉了，心里已比以往轻松得多。高龙芭在向岂里娜嘱咐了一些机密的话以后，把那些陈旧的文件翻阅了大半夜。快天亮的时候，有人丢了几块石子到她窗上，她听到这个暗号，便走下楼去，走到园子里，开了一扇偏门，领进两个样子很难看的男人来；接下去第一桩事情，便是把他们带到厨房，请他们吃东西。这两个男子是谁，你们不久便会分晓。

十五

早上六点钟光景，知事的一个仆人来敲奥尔梭家的门。

高龙芭为他开了门，他对她说，知事就要出发了，在等她的哥哥去。高龙芭毫不踌躇地回答，她哥哥刚从楼梯上跌了下来，扭伤了脚；因为不能走路，所以他请求知事原谅他，如果知事肯亲劳玉趾光临，则他不胜感激之至。把这个话传过去以后不久，奥尔梭走下楼来，问他的妹妹，知事有没有差人来请他。

"他请你等在此地。"她泰然自若地说。

半点钟过去了，巴里岂尼家那边还没有什么动静，这时奥尔梭问高龙芭，在旧纸堆里可有什么发现，她说她会向知事面陈。她装得十分平静，她的脸色和她的眼睛却泄漏出一种极度的激动。

最后，人们看见巴里岂尼家的门开了；穿着旅行装的知事第一个走出来，后面跟着村长和他的两个儿子。比爱特拉纳拉的百姓们从日出的时候起便窥探着，想看看本区最高长官出发时的情形。他们看见他和三个巴里岂尼家的人，一直穿过广场，走进代拉·雷比阿家去，这时，他们是多么的惊愕啊。

"他们讲和了！"村里的政客们喊着。

"我常对你讲，"一个老人接上去说，"奥尔梭在大陆上住得太长久了，做起事来不会像一个有血性的人。"

"然而，"一个雷比阿派的人回答，"你要注意，是巴里岂尼家的人去找他的。他们去讨饶了。"

"是知事给他们周转的，"老人说，"现在看不到有勇气的人了，青年人竟不把父亲的血放在心上，好像他们都是私生子。"

知事看见奥尔梭好好地站着，走路也毫无痛苦，不觉十分奇怪。高龙芭简单地告了说谎之罪，请求他原谅。

"如果你是住在别的地方，知事先生，"她说，"我哥哥昨天就会过来向你请安了。"

奥尔梭不断地道歉，声明这种可笑的计策他完全没有与闻，他对于这事深以为耻。知事和老巴里岂尼都好像相信他抱歉的诚意，因为这是可以从他的失措和他对妹妹的责备中看得出来的；可是村长的两个儿子却不很惬意。

"别人在拿我们开玩笑。"奥尔朗杜丘说，声音相当高，使人可以听见。

"如果我的妹妹闹这种把戏，"文山德罗说，"我一定给她点颜色瞧瞧，叫她下次不敢。"

这些话语和说这些话语的口气，都使奥尔梭不快，并且使他有点恼怒。他和那两个巴里岂尼家的青年互相狠狠地望了几眼。

这时除了高龙芭以外，大家都坐了下来。她站在通厨房的那扇门边。知事首先发言。他先泛泛地说了几句本地的偏见，随后说大部分根深蒂固的嫌隙都是由误解引起的。接着，他转向村长，对他说，代拉·雷比阿先生从来也没有以为巴里岂尼家对于使他父亲丧生的不幸事件有直接或间接的责任；他说奥尔梭先生久客他乡，又听到了一些传言，发生怀疑也是可以理解的；现在，由于最近的发现他已恍然大悟，已觉得完全满意，从而愿意与巴里岂尼先生和他的两位世兄恢复友谊和邻居的关系。

奥尔梭勉强地弯了弯腰，巴里岂尼先生说了几句没有人听得见的话，他的儿子们望着天花板上的梁木。那位继续饶舌的知事正要对奥尔梭说那一套他刚才对巴里岂尼先生说过的老话，忽然，高龙芭从围巾里抽出几张纸片来，严肃地走到正在讲和的双方之间。

"我能看见两家之间的争端消灭，"她说，"当然不胜欢喜；可是为使和解真诚起见，应该把什么都解释得清清楚楚，不应该留下一点怀疑。知事先生，多马索·皮昂西的声明，因为出自一个名声那么不好的人，我怀疑也是很应该的。"接着她转向村长，"我说过你儿子或许在巴斯谛阿的牢里见过那个人……"

"这是胡说，"奥尔朗杜丘羼进来说，"我绝对没有见过他。"

高龙芭轻蔑地望了他一眼，表面很平静地继续说下去：

"你曾经辩解过，说多马索用一个厉害的强盗的名义恐吓巴里岂尼先生的目的，是希望替他的哥哥戴奥陀尔保留住那所我父亲廉价租给他的磨坊，是吗?……"

"这是显然的事。"知事说。

"想到皮昂西是那样一个坏人，什么都可以解释了。"被妹妹的缓和的神气所欺的奥尔梭说。

"那封假造的信，"高龙芭继续说下去，眼睛渐渐炯炯发起光来，"写的日期是七月十一日。那时多马索是在他哥哥那儿，在磨坊里。"

"是的。"那位有点不安的村长说。

"那么多马索·皮昂西能得到什么好处呢?"高龙芭胜利地喊道，"这时他哥哥的租约已经满期了；家父在七月一日已打发他走了。这里是家父的簿籍，解约的原稿，一位阿约修的经理人向我们荐一个新的管磨坊人的信。"

说着，她便把手里的文件交给了知事。

大家都惊愕了一会儿。村长的脸儿眼见得发青了；奥尔梭皱着眉头，走上前去认知事拿在手里仔细看着的那些纸片。

"别人拿我们开玩笑！"奥尔朗杜丘怒气冲冲地站起身来喊着，"走吧，父亲，我们不该到这里来的！"

巴里岂尼先生是只要一会儿就能恢复冷静态度的。他请求让他仔细看一看那些文件；知事一句话也不说，递了给他。他便把蓝眼镜移到额上，若无其事地把文件看了一遍；在这时候，高龙芭用一种母老虎看见一头斑鹿走近自己的幼虎的洞边时的目光注视着他。

"但是，"巴里岂尼先生移下了眼镜，把文件还给了知事，"多马索知道已故的上校先生心肠很软……他以为……他准会以为……上校先生会撤销打发他哥哥走的决定的……事实上，他哥哥现在还留在那磨坊里，所以……"

"留住他的是我，"高龙芭带着一种轻蔑的口气说，"我父亲已经死了，在我的地位，应该对于我们一家所雇佣的人持谨慎态度。"

"然而，"知事说，"多马索已承认写了那封信……那是显然的。"

"我觉得显然的是，"奥尔梭插进来说，"在整个事件里，隐藏着很大的不名誉的勾当。"

"我对于诸君的肯定的话还得抗辩。"高龙芭说。

她打开了通往厨房的门，勃朗多拉丘和神学学士带着那只狗勃鲁斯哥立刻走进客厅来。两个强盗没有带武器——至少表面上看去是这样；他们腰间束着子弹囊，可是没有看见他们的随身法宝——手枪。走进客厅来的时候，他们很有礼貌地脱下帽子。

他们的突然出现所产生的效果，我们是可以想象得出来的。村长几乎仰天跌下去;他的两个儿子勇敢地跳到他的前面,把手放进衣袋里去,摸着短刀。知事想往门边跑,这时奥尔梭揪住了勃朗多拉丘的项颈,向他喊着:

"你到这里来干什么,混蛋?"

"这是一个圈套!"村长喊道,一边想开门出去;可是莎凡丽亚听了强盗的话,已在外面把门牢牢地闩住了,这是后来才知道的。

"好人!"勃朗多拉丘说,"请你们不要怕我,我虽则样子很难看,人却并不怎么坏。我们绝对没有什么恶意。知事先生,我是唯命是听的——我的中尉,轻一点,你要扼死我了——我们是到此地来做证人的。喂,教士,你是口若悬河的,你说吧。"

"知事先生,"那位神学士说,"我没有蒙你认识的荣幸。我名叫乔冈多·加斯特里高尼,人们通常都称我为'教士'……啊!说本题吧!这位我也不幸未能认识的小姐,请我告诉她一些关于多马索·皮昂西的情况,三星期以前,那人和我一同关在巴斯谛阿的牢里。下面便是我要告诉你们的……"

"不用劳神,"知事说,"像你这样的人所说的话,我一句也不要听……代拉·雷比阿,我希望这种可耻的阴谋你是没参与的。但是你是不是一家之主?快叫人把门开了。和这些强盗有这种奇怪的关系,令妹或许要受处分的。"

"知事先生,"高龙芭喊道,"请你听听这人要说的话吧。你是到这里来对大家下公平的判断的,你的责任是探讨实情。说吧,乔冈多·加斯特里高尼。"

"不要听他的!"三个巴里岂尼家的人同声喊道。

"如果大家一齐说话,"强盗微笑着说,"便什么话也听不到了。且说,在牢里,我和那个多马索做着伴儿——并不是做朋友。奥尔朗杜丘先生时常去找他……"

"谎话。"两兄弟同时喊道。

"二负等于一正，"加斯特里高尼冷静地说，"多马索有钱，他大吃大喝。我是爱吃的（这是我的小小的毛病）[①]，所以，虽则我和那个家伙道不同不相为谋，我依旧和他一同吃了好几顿。为报答起见，我建议他和我一同越狱……一个女孩——我待她很好——已把越狱的工具提供给了我……我不愿连累别人。多马索却拒绝了我的建议，对我说，他对于自己的事很有把握，他说，律师巴里岂尼已为他在各位法官那里都疏通过，他会一身无罪满囊金钱地出狱的。至于我呢，我想我是应该出来舒舒气的。Dixi[②]。"

"这人所说的完全是谎话，"奥尔朗杜丘坚持说，"如果我们是在旷野里，各人都带着枪，他便不会这样说了。"

"这可是一句傻话！"勃朗多拉丘喊道，"不要和教士吵起来吧，奥尔朗杜丘。"

"代拉·雷比阿先生，你可以让我出去了吗？"知事顿着脚，不耐烦地说。

"莎凡丽亚！莎凡丽亚！"奥尔梭喊着，"鬼晓得，开门啊！"

"等一会儿，"勃朗多拉丘说，"我们得先走一步。知事先生，人们在共同的朋友家里相见，照习惯，在分别的时候是应该互相空半点钟的。"

知事向他射去一个轻蔑的目光。

"我是唯诸位之命是从的。"勃朗多拉丘说。接着他弯弯

---

① 这句话典出拉·封丹纳（La Fontaine）的寓言《蝉与蚁》：
La fourmi n'est pas prêteuse,
C'est là son moindre defaut.——译者
② 拉丁文。意为"我说过了"，是表示话已经说完的拉丁的程式。——作者原注

地举起了手臂，对他的狗说："喂，勃鲁斯哥，为知事先生跳一跳吧！"

那只狗跳了一跳，两个强盗很快地在厨房里取了他们的武器，从园子里溜了，一声呼哨，客厅的门便像中了仙术一般地打开了。

"巴里岂尼先生，"奥尔梭盛怒地说，"我现在认为你是从事赝造的人。从今天起，我要向检察官控告你的赝造罪，控告你勾通皮昂西的同谋罪。或许以后还要控告你一件更大的罪。"

"我呢，代拉·雷比阿先生，"村长说，"我要控告你的奸谋罪和与强盗同谋罪。现在，知事先生会把你交给宪兵。"

"本知事将尽自己的本分，"知事严厉地说，"他将不使比爱特拉纳拉的秩序被扰乱；他将秉公办理，弄一个水落石出。诸君，我对你们大家说！"

村长和文山德罗已经走出了客厅，奥尔朗杜丘正跟着他们退出去，忽然奥尔梭向他低声说：

"你父亲已是一个不中用的老头子，我只要一个耳刮子就可以打死他；我放在眼里的是你们，你和你的兄弟。"

奥尔朗杜丘一言不答，拔出短刀，像狂人一样地向奥尔梭扑过来；可是还不及使用他的武器，高龙芭已抓住了他的臂膊，使劲地拗着，这时奥尔梭拔出拳头，照着他脸上打过去，打得他连退了几步，猛烈地撞在门框上。短刀从奥尔朗杜丘手里掉了下去，可是文山德罗握着他的短刀回到客厅里来了，这时高龙芭攫起了一杆长枪，教他明白自己不是对手。同时知事也插身进来排解。

"后会有期，奥尔梭·安东！"奥尔朗杜丘喊着，他使劲地拉上了客厅的门，又从外面把门闩上了，以便让自己从容退走。

奥尔梭和知事各人占着客厅的一端，相对默然有一刻钟之久。高龙芭脸上现着凯旋的骄矜之色，倚着那杆决定了胜利的长枪，把他们一个个地望着。

"这是什么地方！这是什么地方！"最后，知事急躁地站起来，大声说道，"代拉·雷比阿先生，这是你的错处。我请你发誓，再不施任何暴行，静候法律裁处。"

"是的，知事先生，我不应该打那个混蛋，可是我毕竟已经打了，如果他向我要求决斗，我不能拒绝。"

"唉！不会的，他不愿和你决斗的！……可是如果他暗杀你便怎样呢……你实在做得过分了。"

"我们会防卫的。"高龙芭说。

"在我看来，"奥尔梭说，"奥尔朗杜丘还是一个有胆量的人，我想他并不那么差劲，知事先生。他很快地拔出短刀来，可是假如我处在他的地位，我或许也会那样做；幸喜舍妹的腕力并不像小姐似的。"

"你们不能决斗！"知事喊道，"我不准你们决斗！"

"请允许我对你说，先生，凡是与名誉有关的事，我是只听我的良心吩咐的。"

"我对你说你们不得决斗！"

"你可以叫人把我拘捕起来，先生……那当然是说，如果我让你拘捕的话。可是，即使那样做，你也不过把一桩现在是免不掉了的事延搁些时候而已。知事先生，你是一位讲面子的人，你知道没别的办法。"

"如果你拘捕了我的哥哥，"高龙芭说，"半村的人都会起来帮他，那时我们便可以看到一场混战了。"

"先生，我先通知你，"奥尔梭说，"请你不要以为我是夸口；我先对你说，如果巴里岂尼先生滥用他村长的职权来

105

拘捕我，我是要抵抗的。"

"从今天起，"知事说，"巴里岂尼先生停止职权了……我相信他会到公堂去对簿的……喂，先生，我觉得你很有兴味。我要求你的只有一点点小事：安安静静地待在家里，一直等到我从高尔特回来。我只离开此地三天。我将和检察官一同回来，那时我们可以把这件不幸的事完全解决了。你能答应我一直到那个时候为止不去寻隙吗？"

"我不能答应，先生，如果照我所想的那样，奥尔朗杜丘来向我挑战，那怎么办呢？"

"怎么，代拉·雷比阿先生，像你这样一个法兰西军人，竟愿意和一个你疑心是赝造者的人决斗吗？"

"我打了他啊，先生。"

"可是如果你打了一个囚犯，而那个囚犯向你挑战，你也就和他决斗吗？算了，奥尔梭先生！我只要你答应我一件更轻微的事：你不要去找奥尔朗杜丘……如果他来找你，我便准你们决斗。"

"我绝对相信，他会来向我挑战的，可是我答应你，我不会再打他几个耳刮子来挑动他和我决斗。"

"这是什么地方！"知事踱着大步，又这样说着，"我什么时候可以回法国去啊。"

"知事先生，"高龙芭用最柔和的声音说，"时候不早了，你肯在我们这里用早饭吗？"

知事不禁笑起来了。

"我在这里已经逗留得太长久了……显得好像是有所偏袒……还有那讨厌的基石！……我应该走了……代拉·雷比阿小姐……你今天或许已种下了许多不幸！"

"知事先生，至少你该相信舍妹的辩证是深有根据的吧；

我现在确信不疑，你也相信那种辩证是很有根据的了。"

"再见吧，"知事摆着手说，"我先通知你，我要命令宪兵队长监视你们的一切行动。"

知事出去以后，高龙芭说：

"奥尔梭，此地不比得在大陆上。奥尔朗杜丘一点不懂得你的什么决斗，况且像那种无赖，就是死，也不应该让他死在光明正大的决斗之中。"

"高龙芭，好妹妹，你是一个女中豪杰。你把我从那凶狠的一刀之下救出来，我非常感谢你。拿过你的小手来，让我吻一吻。可是，听着，一切让我来处置。有些事情你是不懂的。拿早饭来给我吃，而且一等知事上了路，你便立刻差人把小岂里娜给我叫来，把一些事情托她去办，她倒好像很能胜任。我需要她给我送一封信。"

在高龙芭料理早饭的时候，奥尔梭跑到楼上自己的房间里，写了下面这封信：

> 你一定急着和我晤面，我也正和你一样。明晨四时，我们可以在阿加维华谷里相会。我是善于放手枪的，所以我不主张用这种武器。听说你很会用长枪；我们每人带一杆两响的枪吧。我将由一个本村的人伴着同来。如果令弟要和你同来，那么请再请一位证人，并请先通知我一声。只有在这种场合，我才带两个证人来。
>
> 奥尔梭·安东·代拉·雷比阿

知事在村长助理那里逗留了一点时间，又到巴里岂尼家里去了几分钟，随后，只带着一个宪兵，出发到高尔特去了。十五分钟以后，岂里娜把这封我们刚才看过的信，送到奥尔朗杜丘本人手里。

回信等了半天，一直到晚上才到。是老巴里岂尼署名的，他对奥尔梭说，他要把这封写给他儿子的恐吓信交呈给检察官。"我理直气壮，"他在信尾这样结束，"静候法律裁判你的诽谤之罪。"

这时候，高龙芭叫来保卫代拉·雷比阿堡的五六个牧人到了。奥尔梭反对也没用，他们已在临着广场的窗子上搭起了archere①，整个下午他接受着村子里各种人物的帮忙。甚至那位强盗神学士也来了一封信，用他自己的名义和勃朗多拉丘的名义说，如果村长叫宪兵出场，他们便会来加以干涉。

他在"附笔"上说："对于我的朋友让那只狗勃罗斯哥所受的良好教育，知事先生感想如何，你可以使我知道吗？除了岂里娜，它是最柔顺、前途最有希望的弟子了。"

---

① 参见第 60 页。——编者

十六

　　第二天平平静静地过去。双方都取着守势。奥尔梭没有出门，巴里岂尼家的门也老是紧闭着。人们看见留守在比爱特拉纳拉的那五六个宪兵，会同一个乡村保安巡警——全村兵队的唯一代表——在广场上和村子四周徘徊。村长助理一直全身披挂着；可是除了两家仇家窗上的 archere 外，什么战争的迹象都没有。只有一个高尔斯人才会注意到，在广场上，在楮树周围，只有妇女而没有男子。

　　吃晚饭的时候，高龙芭带着一种快乐的神气，拿着一封刚收到的奈维尔姑娘给她的信给哥哥看，信上这样写着：

　　　　我亲爱的高龙芭小姐，从你哥哥给我的一封信上，我很欣忭地知道你们的嫌隙已经消除。请接受我的祝贺。家父现在没有你哥哥在这里和他谈战争与打猎，在阿约修实在住不下去了。我们今天就要出发，我们将住在你们的亲戚家里。我们有一封介绍信的。后天十一点钟光景，我要来请你让我尝尝山间的干酪，你说那是比城里的干酪好得多的。

　　　　再见吧，亲爱的高龙芭。

　　　　　　　　　　　　　　你的朋友　李迭亚·奈维尔。

　　"她难道没有收到我的第二封信吗？"奥尔梭喊道。

　　"从她发信的日期，你可以看出，在你的信到阿约修的时候，李迭亚小姐准已在路上了。你请她不要来吗？"

"我对她说，我们是处在戒严状态中。我觉得这不是接待客人的境况。"

"咄！那些英国人是奇怪的人。我住在她房间里的那夜，她对我说过，如果没看见一场漂亮的复仇就离开高尔斯，她是会抱着遗憾的。如果你肯的话，奥尔梭，我们可以把我们攻袭仇家的光景让她瞧一瞧。"

"你知道吗，高龙芭？"奥尔梭说，"神把你造成一个女子实在是一个错误，否则你一定会成为一个杰出的军人。"

"或许是的。不管怎样，现在我得去制我的 bruccio①了。"

"用不到了。应该差一个人去通知他们，在他们启程之前阻止他们。"

"是吗？你要在这样的天气差人去，让他连人带信都卷到急流里去吗？……我多么可怜那些在这暴风雨中的强盗！幸亏他们有着好 pilone②。奥尔梭，你知道应该怎样办吗？如果暴风雨停止了，明天你清早便动身，在我们的朋友们还没有出发之前赶到我们的亲戚家。这在你很容易办到，李迭亚小姐总是起来得很迟的。那时你便把我们这里所发生的事讲给他们听，如果他们坚持要来，那么我们也非常欢迎。"

奥尔梭立刻同意了这个主张，高龙芭沉默了一会儿，又说："奥尔梭，我对你说向巴里岂尼家发起攻击，那时你或许以为我是在开玩笑吧？你知道吗，现在我们实力充足，至少是两个对一个之势！自从村长被停止职权以来，本地的人都帮我们这边了，我们可以把他们劈得粉碎。着手进行这种事是很容易的。如果你愿意，我便走到泉边去，讥讽他们的女人；

---

① 见第 50 页注①。——编者
② 一种连风帽的很厚的呢大衣。——作者原注

他们或许会走出来……我说或许，因为他们是那样的懦夫！他们或许会从他们的 archere 向我开枪，但他们打不中我的。那时事情便办成了：先动手的是他们。打败的便吃亏；在这种混战中，知道谁理直谁理屈？奥尔梭，相信你妹妹的话吧，那些将到来的法官，会在纸上涂许多字，会说出许多废话。一点结果也不会有。那只老狐狸会为他们无中生有地巧辩。啊！如果知事不夹到文山德罗和我们之间来排解，我们至少已干掉他们一个了。"

这些话全是用她刚才说预备做 bruccio 时一样的冷静态度说出来的。

奥尔梭吃了一惊，带着一种混合着惊怕的叹赏望着他的妹妹。

"我的好高龙芭，"他从桌边站起来说，"我怕你简直就是魔鬼，可是你安静点吧。如果我不能使巴里岂尼家的人缢死，我总也能用别的方法达到目的。热弹或是冷铁！①你瞧，我并没有忘记高尔斯话。"

"越快越好，"高龙芭叹息着说，"明天你骑哪一匹马，奥尔梭·安东？"

"那匹黑的。你为什么问这个？"

"为的是叫人给它喂大麦。"

奥尔梭回自己的卧房去后，高龙芭吩咐莎凡丽亚和牧人们都去睡，她独自留在厨房里做 bruccio。她不时地倾听着，好像不耐烦地等着哥哥就寝。当她觉得他已睡着了的时候，她拿了一把小刀，试了试刀锋利不锋利，小脚上套了一双大鞋，一点声息也没有地走进园子去。

---

① Palla calda u farru freddu，是高尔斯一句很习用的话。——作者原注

那个围着墙的园子，和一片围着篱笆的很不小的空地连接着。那便是放马的地方，因为高尔斯的马从来也不关在马厩里。人们通常总是把它们放在一片野地上，让它们去自己设法找食料，避风雨。

高龙芭小心地开了园子的门，走进那片围场去，她轻轻地吹着口哨，把马一匹匹地牵到身边来。她是时常拿面包和盐喂它们的。等那匹黑马一来到身边，她便使劲地抓住它的鬣毛，用小刀割破了它的一只耳朵。那匹马拼命地跳起来，发出了这类牲口受到剧烈痛苦时所发的那种尖锐的呼声。如愿以偿之后，高龙芭回到了园子，这时候奥尔梭开了窗喊道："谁在那儿！"同时，她听到他装枪的声音。幸亏园子的门完全隐在黑暗之中，一部分还被一棵大无花果树遮住了。一会儿她哥哥卧房里闪起明明灭灭的火光，她推测他在点灯了，便急急地关上了园门，沿着墙走，让自己的黑衣服和列树暗黑的树叶混在一起，回到了厨房里。不久奥尔梭下来了。

"什么事啊？"她问他。

奥尔梭说："好像有人开园子的门。"

"没有的事。那样狗会叫的。可是我们去瞧瞧吧。"

奥尔梭在园子里走了一圈，在察验出里面的门是关得好好的之后，他觉得这种虚惊有点可羞，便预备回到卧房去。

"哥哥，"高龙芭说，"看见你谨慎起来，我很高兴，处在你的地位应该如此。"

"是你把我培养出来的，"奥尔梭回答，"晚安。"

第二天天刚亮，奥尔梭已起身，预备出发了。他的装束，一方面显出一个男子对风度的留意，表明他要去见自己想求爱的女子，一方面又显出一个在复仇中的高尔斯人的谨慎。一件贴身的青色礼服上面，斜挂着一个装着子弹的白铁小盒，用一条绿丝带系着；短刀放在腰边的衣袋里，手里拿着实弹的漂亮的芒东枪。他匆匆忙忙地喝着一杯高龙芭给他斟上的咖啡，一个牧人走出去为马加鞍索络。奥尔梭和他的妹妹紧跟着也走进了围场。牧人带住了马，可是他忽然松手坠落了鞍和缰络，好像吓呆了，那匹马呢，记起了昨夜的伤创，恐怕第二只耳朵也遭难，便奔跳着、踢着、嘶着，闹得一团糟。

"喂，快点！"奥尔梭向他喊道。

"啊！奥尔梭·安东！啊！奥尔梭·安东！"

那个牧人高喊着，"圣母啊！"还喊了其他许多土话。那是数不清说不尽的一大串诅咒，一大半是不能翻译出来的。

"出什么事了？"高龙芭问。

大家都走到那匹马旁边去，当他们看见它流着血，被割碎了耳朵的时候，都惊诧而愤怒地喊了起来。我们须要晓得，对高尔斯人说来，伤害仇人的马是表示一种复仇，是一种挑战，更是一种死的恐吓。"除了一枪打死之外，没有别的方法惩罚这种大罪。"虽则奥尔梭在大陆上住了很久，在他看来，这种侮辱是比别人所感觉到的稍稍不重大一点，可是如果那时面前来了一个巴里岂尼派的人，他也准会立刻叫那人赎了这个他归之于仇人的侮辱之罪。

"怯懦的无赖！"他喊着，"不敢当面来碰我，却在一头可怜的牲口身上复仇！"

"我们还等什么？"高龙芭急躁地喊道，"他们来向我们挑衅，伤害了我们的马，我们却不回答他们！你还是人吗？"

"复仇！"牧人们回答，"我们牵着这匹马到村里去走一转，向他们的屋子进攻。"

"贴近他们的堡有一间茅草仓房，"老保罗·格里福说，"我顷刻就可以叫它烧起来。"

　　另一个人出主意说，去找教堂的钟梯来；还有个人提议拿那放在广场上的造屋子用的木梁去轰巴里岂尼家的门。在这些发怒的声音之间，你还可以听到高龙芭对她的手下人说，在动手之前，先到她那儿去喝一大杯茴香酒。

　　不幸地——或者毋宁说是幸亏——她对于这匹可怜的马所施的残忍行为，所希望收到的效果，在奥尔梭身上大部分没有收到。他确信这种野蛮的伤害是他的一个仇人所为，他特别疑心是奥尔朗杜丘；可是他没想到这个被他激怒被他殴打过的青年人，会用割一只马耳朵的方法来掩羞。适得其反，这种卑鄙而可笑的报复格外增加了他对敌人的鄙视，现在他和知事想法一样了，认为不值得和这种人较量。待嘈杂声稍静一些，他向他的气昏了的党徒宣布说，他们必须放弃攻击的意向，他说那即将到来的法官，会给这马耳作一个好好的报复。

　　"我是这里的主人，"他用一种严厉的口气补充，"我要你们服从我。第一个再敢说杀人或是放火的人，我便把他拿来烧死。喂！替我给那匹灰色的马架上鞍子。"

　　"怎么，奥尔梭，"高龙苗把他拉到一旁说，"你听凭别人侮辱我们吗！父亲在世的时候，巴里岂尼家里的人从来没有敢干伤害我们牲口的事。"

　　"我答应你，要他们后悔无及，可是这种只敢向我们的牲口报复的无赖，应该叫宪兵和狱卒去惩罚他们。我对你讲过了，法律会替我报复他们的……否则……也用不到你提起我是谁的儿子……"

　　"多好的耐心啊！"高龙芭叹息着说。

　　"妹妹，你得记住，"奥尔梭接下去说，"等我回来的时候，如果发现你们对巴里岂尼家示过了什么威，我无论如何不会原谅你的。"接着他用一种比较柔和的口气说，"我很可能会同上校和他的女儿一起回来，那甚至是很或然的事；把他们的房间收拾得干干净净，把他们的早饭弄得好一点，使我们的客人一点也不感到不舒适。高龙芭，有勇气是很好的，可是一个女子更应该有治家的能力。来吧，吻我一下，乖一点。这匹灰马已架好鞍子了。"

"奥尔梭，"高龙芭说，"你不要独自一个人去。"

"我用不到别人，"奥尔梭说，"我对你说，我不会让人家割碎我的耳朵的。"

"哦！在这种紧急的时候，我决不放你独自一个去。喂！保罗·格里福！季昂·法兰斯！麦莫！拿起你们的枪，送我哥哥去。"

争论了一会儿之后，奥尔梭便不得不答应带着人去了。他在那些最兴奋的牧人之间，选了几个最主张启衅的；接着，向妹妹和剩下的牧人再次叮嘱了他的命令，便出发了，这次可是绕道避过了巴里岂尼家。

他们已经离开比爱特拉纳拉很远了，他们急急地奔驰着，忽然，在经过一条流入沼泽地的小溪的时候，老保罗·格里福看见了许多只猪，它们安安逸逸地躺在泥泞里，享受着阳光的温暖和水的清凉。他立刻瞄准了一只最肥的，对着它的头开了一枪，当场就把它打死了。死猪的同伴们赶紧爬起来，动作快得惊人地逃走了，虽则另一个牧人也开出枪去，它们已平平安安地躲进一个茂林里去了。

"傻子！"奥尔梭喊着，"你们把家猪当做野猪了。"

"不，奥尔梭·安东，"保罗·格里福回答，"这些猪是律师的，这是为了教他们学学伤害我们的马有什么样的下场。"

"怎么，无赖！"奥尔梭勃然大怒，"你学我们仇人丑事的样！无赖，滚开！我用不到你们，你们只配去和猪打架。我向上帝发誓，如果你们敢再跟着我，我便要打碎你们的头颅！"

两个牧人面面相觑，一句话也不敢说。奥尔梭用刺马轮刺着马，飞驰而去了。

"好吧！"保罗·格里福说，"这真是好买卖！你去爱那些这样对待你的人吧！他的父亲，上校先生，因为有一次你拿枪瞄准律师而对你发脾气……那时你没把枪开出去真是个大傻子……而那个儿子……我为他做的事你是看见的……他倒说要打碎我的头颅，像对付一个空酒瓮。麦莫，这就是在大陆上学来的东西！"

"是呀。可是如果别人知道你打死了这只猪，会去控告你的，奥尔梭·安东还不会肯替你去对法官讲话，也不肯为你向律师付赔偿费。幸亏没有人看见，圣女拿加①会救你出难的。"

经过一番短短的讨论后，两个牧人认为最好是把猪丢到洼地里去；他们便把这个主意实行了，不用说，在实行之前，他们先从这代拉·雷比阿和巴里岂尼两家之间的嫌隙的牺牲品身上，各人割取了几大块，拿回去做炙肉。

---

① 见第 60 页注①。——译者

十七

奥尔梭在摆脱了他的不听话的扈从之后，继续前进，心里只想着重逢奈维尔姑娘时的快乐，而不大顾到担心碰见仇人。"为了控告那些巴里岂尼混蛋，"他心里想着，"我将不得不到巴斯谛阿去。我为什么不伴着奈维尔姑娘同去呢？我们为什么不一同从巴斯谛阿到奥莱沙①的泉水那儿去呢？"童年的回忆忽然使他清清楚楚地想起了那个胜游之地。他觉得自己已移身到了一片荫着几百年的橡树的芳草地上。一朵朵青色的花点缀着那片芳草地，像是向他微笑着的眼睛，他看见李迭亚小姐坐在自己身旁。她已摘下了帽子。她那比丝更轻更软的金发，映着从树叶间射过来的阳光，像黄金一般的闪耀着。她那双明净的蓝眼睛，在他看来是比苍穹更蓝。她支颐沉思，静听着他战颤地诉说缠绵的情话。她穿着他在阿约修最后一天看见她穿的那件轻罗衫子。衫子的襞下，露出一双穿着黑色缎鞋的纤足。奥尔梭想，要能把这双纤足吻一下，他便很幸福了；可是李迭亚有一双手没有戴手套，拿着一朵雏菊。奥尔梭拿过那朵雏菊，李迭亚的手便握住了他的手；于是他吻着那朵雏菊，接着吻那只手，而她居然没发脾气……这些想象使他忘记了所走着的路，可是他一直前进着。他正要在想象中第二次去吻奈维尔姑娘的纤纤玉手，忽然觉得实际上吻着了马头。那匹马突然停了下来。因为小岂里娜拦住

---

① 奥莱沙（Orezza）在高尔斯的东北，以泉水名。——译者

了它的路，又抓住了它的缰绳。

"你到哪里去，奥尔梭·安东？"她说，"你不知道你的仇人就在附近吗？"

"我的仇人！"奥尔梭被人打断了一个这样有趣的幻景，恼怒地喊道，"他在哪儿？"

"奥尔朗杜丘就在附近。他等着你。回去吧，回去吧。"

"啊！他等着我！你看见了他吗？"

"看见的，奥尔梭·安东，他走过的时候，我正躺在蕨薇丛里。他戴着眼镜向四面张望着。"

"他是向哪一面去的？"

"他向那面下去，就是你要过去的那一面。"

"谢谢你。"

"奥尔梭·安东，你等一等我的叔父吧。他立刻就到了，和他在一起你就安全了。"

"不要怕，岂里，我用不到你的叔父。"

"那么让我走在你前面吧。"

"用不着，谢谢你。"

奥尔梭催马向女孩子指点的方向急驰过去。

他最初的冲动是一种盲目的暴怒，他对自己说，命运给了他一个好机会，可以教训教训那个以伤害一匹马来报一掌之仇的懦夫。接着，他又想到了自己答应知事的话，特别是想到了可能会遇不见奈维尔姑娘，便变更了意向，几乎不希望碰到奥尔朗杜丘。可是不久，关于父亲的记忆，对于他的马的侮辱，巴里岂尼家人的恐吓，又燃起了他的怒火，激励着他去寻找仇人，向仇人挑战，拼个你死我活。他这样地被各种相反的念头折磨着，同时继续前进着，可是现在他是十分谨慎了，他察看着灌木丛和篱垣，有时甚至停下马来，听着那在原野上常可以听到的天籁之声。离开小岂里娜十分钟之后（那时是早上九点钟光景），他来到了一座非常险峻的山边。他所走的那条道路——或者不如说是一条狭窄的小径，两旁是一片新近烧过的草莽。这里，土地上满是白惨惨的灰烬，一些被火烧焦了的脱尽树叶的大树和小树，虽然都已枯死，却还东一株西一株地挺立着。当人们看见一片被摧烧过的草莽的时候，常常会觉得自己已到了仲冬时候的北地；那被火焰所延及过的地方的荒凉，同周围草木繁茂的景色相对照，使那个地方格外显得悲凉凄绝。可是在这片景物中间，奥尔梭那时只注意到一件事，一件在他的地位实在是重要的事：这是一片不毛之地，不能设一个埋伏，一个时时刻刻害怕从密树间会露出一个枪管对准自己胸膛的人，可以把这一片没什么可以流连的地方视为一种绿洲。与摧烧过的草莽相连接的是许多块耕地；照本地的习惯，这些耕地四周都围着用石块砌成的高可及肩的矮墙。小路便从这些耕地之间穿过去，耕地上杂乱地长着巨的大的栗树，远远望去像是一座茂林。

因为山坡险峻，奥尔梭不得不下马步行。他把缰绳丢在马颈上，自己踏着灰烬很快地滑下去。当离开一带石围墙只有二十五步的时候，突然，在路的右侧，他迎面先看见一个枪口，接着看见一个露在墙头上的头。那杆枪已经放平，他认出了那是奥尔朗杜丘，正预备向他开枪。奥尔梭立刻准备自卫，于是这两个人便互相瞄准着，带着那种最勇敢的人在决生死的时候所感受的剧烈情绪，互相望了几秒钟。

"无耻的懦夫！"奥尔梭喊着……

这句话刚出口，他便看见了奥尔朗杜丘枪口闪出的火光；而差不多是同一个时候，他的左面，从小路的那一面，也打过一枪来，那是一个他没有看到的，躲在另一道墙后瞄准着

119

他的人所打的。两粒子弹都打中了他：奥尔朗杜丘的那一粒，打穿了他的左臂，因为奥尔梭瞄准他的时候左臂刚好迎着他的子弹，另一粒打在他的胸膛上，打穿了他的衣服，可是幸亏撞在他短刀的刀口上，铅弹在上面撞扁了，只使他受了一点微伤。奥尔梭的左臂落到腿边动弹不得了，他的枪管垂下了一会儿；可是他立刻把它举了起来，单用右手使用武器，向奥尔朗杜丘开了一枪。那个露到眼睛的他的仇人的头，便在墙后不见了。奥尔梭转身向左，对着那个他不大看得清楚的在烟雾中的人也开了一枪。那个脸儿也不见了。这四枪以一种惊人的速度相连接，就是最有训练的士兵也不可能这样快地连射。在奥尔梭的最后一枪之后，一切又都归于沉寂了。从他的枪里冒出来的烟，慢慢地向天上升去；墙后面一点动作也没有，连最轻微的声音都没有。如果没有臂上的痛楚，他准会相信那些他刚才开枪射击过的人，是想象中的鬼怪了。

奥尔梭走了几步，置身于依然立在草莽中的一棵烧焦的树的背后，等待对方第二次开枪。他在这蔽身处后面，把枪夹在两膝中间，急急地装了子弹。这时他的左臂痛楚难当起来，他好像是在支撑着一件极重的东西。敌人们怎么了呢？他不知道。如果他们逃了，如果他们伤了，他一定会听到一点在树叶间的动作和声音的。难道他们已死了吗？或是更可能一些，是躲在墙后面，等着一个再向他开枪的好机会？在这样的疑虑中，他感到自己的气力消减了下去，他把右膝跪在地上，把受伤的臂膊搁在左膝上，借着一条从枯树上伸出来的树枝搁着枪。手指按在枪机上，眼睛注视着石墙，耳朵留心着任何轻微的声音，这样一动也不动地等了几分钟，而这几分钟在他竟好像觉得是过了一世纪。最后，在他后面很远的地方，发出了一种辽远的呼声，不久一只狗箭一样快地从斜坡上跑下来，摇着尾巴在他身旁站住了。这便是勃鲁斯哥，那两个强盗的同伴和弟子，无疑，它是在通报它主人的到来；而一位有礼貌的人是不会叫人更不耐烦地等着的。那只狗嘴向着天，向最近的围场转过头去，不放心地嗅着。突然它发出一种低沉的呜呜声，一跃跳过了矮墙，差不多立刻又跳回到墙顶上，定睛注视着奥尔梭，眼睛里表现着一只狗所能明显地表现出的惊愕；接着它又在空中嗅着，这一次是向着另一个围场，于是又跳过那面的墙去。不一刻又在墙顶上出现，表示出同样的惊愕和不安；接着它跳到草莽中，尾巴夹在后腿间，老是注视着奥尔梭，慢慢地离开了他，打横走着，一直走到离开他有一段距离的地方。那时它便又放开脚步，像下来时一样快地跑上了山坡，去迎接一个不顾山坡的险峻拼命地前进的人。

"救救我，勃朗多拉丘！"奥尔梭估计来人能听见他声音的时候喊道。

"哦！奥尔梭·安东！你受伤了吗？"勃朗多拉丘气都喘不过来，跑过来问他，"伤在身上还是手脚上？……"

"在臂膊上。"

"在臂膊上！那不要紧。那个家伙呢？"

"我想我已打中了他。"

勃朗多拉丘跟着他的狗跑到最近的围场边，俯身望着墙的那边。他脱了他的帽子：

"奥尔朗杜丘少爷，向你行礼。"他这样说着。接着，他把身子转向奥尔梭，用一种正经的神气向他也行了一个礼：

"这便是，"他说，"我所谓的活该。"

"他还活着吗？"奥尔梭呼吸很困难地问。

"哦！他哪里还想活；你打进他耳朵里去的那粒子弹，他实在当不起。圣母啊，那样的一个窟窿！凭良心说，真是好枪! 那么大的一粒弹丸! 简直整个脑壳都给你打碎了! 喂, 奥尔梭·安东, 当我先听到'比夫! 比夫! '的声音的时候, 我对自己说: 妈的! 他们在向我的中尉开枪了。接着我听到'蓬! 蓬! '的声音, 我便说, 呵! 现在那支英国枪在说话了: 他在还手了……可是, 勃鲁斯哥, 你要对我说什么啊?"

那只狗把他领到另一个围场旁边。

"对不起! "惊呆了的勃朗多拉丘喊着, "连发连中! 真有这种事! 见了鬼! 看来火药真是很贵, 因为你用得这么省。"

"天哪! 什么事啊? "奥尔梭问。

"得了! 别装傻啦, 我的中尉! 你把野兽打倒在地上, 却要别人给你拾起来……今天有人将有一顿稀奇的压桌菜了! 那个人就是律师巴里岂尼! 你要肉庄里的肉吗? 要多少就拿多少! 现在哪一个鬼东西来做他的嗣续人呢? "

"什么! 文山德罗也死了吗? "

"死得骨头也硬了。愿我们大家康健吧! [1]你的好处是没有叫他们受痛苦。来瞧瞧文山德罗吧: 他现在还跪着, 头靠在墙上, 好像是在熟睡。这个场合就可以说'铅的睡眠'。[2]可怜的小子! "

奥尔梭恐怖地转过头去。

"你担保他已经死了吗? "

"你简直像那从来不开第二枪的桑必罗·高尔梭[3]一样。你瞧见吗, 在胸膛上, 在左边? 正像文西刘奈在滑铁卢中弹一样。我可以打赌, 子弹离心脏不远。连发连中! 啊! 我以后再

---

① Salute anoi! 是一种通用跟着 "死" 这个词的感叹词, 好像是用来做它的消解的。——作者原注
② "铅的睡眠"(Sommeil de plomb) 在这里有着双关的意思, 一是睡得很熟, 一是因铅弹而长眠。——译者
③ 参见第16页注①。——译者

也不提打枪二字了。两枪两个! ……两颗子弹! ……去了弟兄两
个! ……如果再开第三枪, 他一定把那爸爸也打死了……下一
趟运气会更好一点的……这样的枪法啊, 奥尔梭·安东! ……
像我这样的好汉, 把宪兵连发连中地打死的事, 也是从来没
有碰到过的! "

强盗一边说话, 一边察看奥尔梭的臂膊, 又用短刀割破
了他的袖子。

"不要紧, "他说, "可是这身礼服要叫高龙芭小姐费工
夫了……嗯! 我看见的是什么? 胸部的衣服上怎么有一个破
洞? ……没有什么打进去吧? 没有的事, 否则你不会这样神气
活现了。来, 把你的手指动一下看……我咬着你的小手指的时
候你感觉到我的牙齿吗? ……不很厉害吗? ……那没有关系,
一点也不要紧。让我拿过你的手帕和领带来……你瞧, 你的
礼服毁了……你为什么要打扮得这样漂亮? 去吃喜酒吗? ……
来, 喝一点葡萄酒吧……你为什么不带着水壶? 难道有一个不
带着水壶出门的高尔斯人吗? "

在包扎伤口的时候, 他又停下来喊道:

"连发连中! 两个都死得挺硬! ……'教士'一定要大笑
了……连发连中! ……啊! 这个拖延时候的小岜里娜终于来
了。"

奥尔梭并不回答。他脸色像死人一样地惨白, 四肢都在
颤动。

"岜里, "勃朗多拉丘喊着, "去看看这墙后面吧。嗯? "

那女孩子手脚并用地攀到墙上去, 立刻看到了奥尔朗杜
丘的尸首, 她划了一个十字。

"这不算什么, "那强盗继续说, "再到那边去瞧一瞧吧。"

女孩子又划了一个十字。

"是你干的吗，叔叔？"她怯生生地问。

"我！我已变成一个不中用的老东西了。岂里，这是奥尔梭先生的成绩。去向他道贺吧。"

"小姐一定会因此很快乐，"岂里娜说，"而她知道你受了伤，准会很着急，奥尔梭·安东。"

"喂，奥尔梭·安东，"强盗在包扎好之后说，"岂里娜已把你的马带住了。骑上马和我一同到斯达索拿草莽去。谁能在那里把你找到才算狡猾呢。我们可以在那里尽力地保护你。等我们到了圣女克丽丝丁十字架的时候，我们便应该下马。那时你把你的马给岂里娜，她便可以去通知小姐，在路上的时候，你可以把你的事情嘱托给她。一切你都可以告诉这个女孩子，奥尔梭·安东，她是宁可被劈死，也不会出卖朋友的。"接着他柔和地对那女孩说："走吧，无赖，该摈弃的，该诅咒的，流氓！"这位勃朗多拉丘像许多别的强盗一样迷信，唯恐对孩子祝福或称赞会蛊惑了孩子，因为人们认为那些管辖 Annocchiatura①的神秘的魔道，有反着我们的祝颂执行的习惯。

"你要我到哪里去，勃朗多拉丘？"奥尔梭用一种无力的声音说。

"天哪！你自己选吧，到牢里去或是到草莽里去。可是一个代拉·雷比阿家里的人是不进监牢的。落草莽去吧，奥尔梭·安东。"

"那么，我一切的希望，永别了！"那个受伤的人沉痛地喊着。

"你的希望？嘿！你希望用一支双响的枪办得再好一点是

---

① 或眼睛或语言所加于人的不由自意的蛊惑。——作者原注（参见第161页注①）。——译者

124

吗?……啊! 他们怎么会打着你的? 这两个流氓得有比猫还硬的性命才行。"

"他们先开枪的。"奥尔梭说。

"真的, 我忘记了……'比夫! 比夫! 蓬! 蓬!'……连发连中, 只用一只手[1]!……如果有人能更胜过你, 我一定去上吊了! 噢, 现在你已经骑上马了……在上路之前, 先去看一看你的成绩吧。这样不辞而别是不够客气的。"

奥尔梭用刺马轮刺着他的马, 他绝对不想去看那两个他刚才打死的坏蛋。

"听我说, 奥尔梭·安东,"强盗抓住马缰说,"我可以坦率地对你说吗? 如果不冒犯你的话, 唉! 我为这两个可怜的年轻人伤心。请你原谅……他们是那么漂亮, 那么强壮……那么年轻!……奥尔朗杜丘, 他和我一起打过许多次猎……几天之前, 他还送了我一扎雪茄……文山德罗, 他脾气老是很好的!……是的, 你是做了你应该做的事……况且枪法又太好了, 教人没法惋惜……可是我呢, 我和你的复仇没有关系……我知道你是对的, 一个人有了仇人, 应该把这仇人剪除了。但巴里岂尼也是一家旧世家……又是一家完了! 偏又是连发连中而死的! 那真是刺心的事。"

这样地念着对于巴里岂尼家的祭文, 勃朗多拉丘急急地引导着奥尔梭、岂里娜和那只狗勃鲁斯哥, 向斯达索拿草莽而去。

---

[1] 如果有个猎人不相信别人的话, 否认代拉·雷比阿先生的连发连中, 请他到沙尔代纳 (Sartène) 叫别人讲给他听, 那地方的一个最有名最可爱的居民, 如何的在左臂受伤的情形下, 独自个脱免了一个至少和这里所述同样危险的境遇。——作者原注

十八

　　高龙芭在奥尔梭出发之后不久，便从探子那里得知，巴里岂尼家已有了举动，从那时候起，她便十分担忧起来，你可以看见她在满屋子里到处乱走，从厨房里走到为客人预备的房间里，什么事也不做，却老是很忙碌，又不断地停下来，看看村庄里有没有什么异乎寻常的动静。十一点钟光景，一队人数不少的马队进了比爱特拉纳拉，那是上校、他的女儿、他们的仆人和向导。在欢迎他们的时候，高龙芭第一句话便是："你们看见了我的哥哥吗？"接着她问向导，他们走的是哪一条路，是什么时候出发的；听了向导的答话，她不懂得为什么他们会没有遇见。

　　"或许你哥哥走的是山上的路，"向导说，"而我们是走山下的路来的。"

　　可是高龙芭摇摇头，又提出了许多问题。虽则她天性刚毅，加上在客人面前有股傲气，不愿显示任何怯弱，却怎样也掩饰不住自己的不安；不久，当她把那得到一个不幸结果的讲和经过对上校和李迭亚姑娘讲了之后，他们也和她一样地担忧起来，特别是李迭亚姑娘。奈维尔姑娘心烦意乱，提出要差人到各方去找，她的父亲也自愿骑着马和向导一同去寻奥尔梭。客人的担忧使高龙芭想起了她做主人的责任。她勉强微笑着，催着上校入席，对于哥哥的迟到，找出了许多能使人以为然的缘故，但一刻之间，她自己又把这些辩解的话推翻子。上校觉得设法安慰女子是自己的责任，便也提出了自己的解释，他说：

"我敢打赌说，代拉·雷比阿是碰到了猎物，禁不住手痒起来，等会我们就可以看见他满载猎物而回了。天呀！"他又说，"在路上我们听到了四响枪声。其中有两声特别响，那时我对我的女儿说：'我敢肯定这是代拉·雷比阿在打猎。只有我的那支枪才会发出这么大的响声。'"

高龙芭的脸色发白了，深深地注意着她的李迭亚，很容易地看出，上校的猜度使她起了某种疑虑。在沉默了几分钟之后，高龙芭激动地问，那两声很响的枪声是在其余的两声之先，还是在其余的两声之后。可是上校、她的女儿和向导，对于这个要点都没有很留意。

到了下午一点钟光景，高龙芭差出去的人还一个没有回来，她聚集起她的全部勇气，强邀她的客人们入席，可是除了上校之外，没有一个人吃得下饭。听到广场上有一点轻微的声音，高龙芭便立刻跑到窗边去，接着又回到席上来忧愁地坐下，又更忧愁地勉强和她的朋友们继续着那些无意义的、没有人注意的、又夹着长久的静默的谈话。

忽然听到了一匹马的奔跑声。

"啊！这趟是我哥哥了。"高龙芭站起来说。

可是一看见是岂里娜跨在奥尔梭的马背上，她又用一种尖锐刺耳的声音喊道：

"我哥哥死了！"

上校坠下了他的酒杯，奈维尔小姐发出了一声呼喊，大家都跑到门边去。岂里娜还来不及跳下马来，高龙芭已将她轻如鸿毛地一把提了起来，她把她抓得那么紧，几乎勒死了她。

女孩懂得她可怕的目光，第一句话便是那《奥塞罗》①合唱中的词句："他活着!"高龙芭放松了她，于是岂里娜像小猫一样轻捷地跳到地上。

"其余的人呢?"高龙芭嘎声地问。

岂里娜用食指和中指划了一个十字。立刻，高龙芭的脸上显出了一种鲜红的颜色，代替了原来的惨白的颜色。她炯炯地向巴里岂尼家望了一眼，微笑着对客人说：

"回去喝咖啡吧。"

强盗们的这个飞行使者要讲的话很长。高龙芭把她的土话直译为意大利话，接着又由奈维尔姑娘译为英国话，使上校发了几多惊叹之词，使李迭亚姑娘发了几多叹息；可是高龙芭却不动声色地听着；只是扭着她的织花食巾，好像要把它撕成碎片。她把女孩的话打断了五六次，使她反复地说：勃朗多拉丘说过伤势并不危险，伤得更厉害的人他也见过许多。最后，岂里娜说奥尔梭急着要纸写信，还要他的妹妹恳求一位或许在他家里的女子，在没有接到他的信之前切不要动身。女孩补充说："这是最使他挂牵的，我已经上路了，他又把我叫回去，再次把这事嘱咐我。而这是他第三次叮嘱了。"听了哥哥这个嘱咐，高龙芭轻轻地微笑着，又使劲地握着那个英国女子的手。她却流着眼泪，觉得故事的这一段不便翻译给父亲听。

"是呀，你们该留在这儿伴着我，我的亲爱的人，"高龙芭吻着奈维尔姑娘说，"你们应该帮助我们。"

然后她从一口柜里翻出许多旧麻布，开始把布剪开来做

---

① 这里所说的《奥赛罗》是十九世纪意大利大音乐家罗西尼（Rossini）所作的歌剧。他的最有名的歌剧是《赛维罗的理发师》（Il Barbiere di Seviglia）。——译者（歌剧《奥赛罗》系罗西尼据莎士比亚同名话剧改编，话剧内容见第 19 页注①。——编者）

绷带和裹伤布。看着她那闪闪发光的眼睛，兴奋的脸色，这种忧虑和镇静相交替的神态，我们简直难说，她是在感触她哥哥的受伤呢，还是在喜庆她仇人的死亡。有时她为上校斟着咖啡，向他夸口自己煮咖啡的才干；有时她把工作分派给奈维尔姑娘和岂里娜，要她们缝绷带，并把绷带卷起来；她一遍又一遍地问着伤口是否使奥尔梭很痛苦。她不断地停下工作来对上校说：

"两个那么机巧、那么厉害的人！……他只有独自一个，受了伤，只用一只手……却把他们两个全打倒了。上校，多么勇敢啊！可不是一位英雄吗？啊！奈维尔姑娘，住在像你们的家乡那样太平的地方，真幸福啊！……我可以断言，你还没有认识我的哥哥！……我早说过：苍鹰将展开它的翼翅！……你误认了他的温柔的外貌了……奈维尔小姐，那是因为和你在一起……啊！要是他能看见你现在为他在忙着就好了……可怜的奥尔梭！"

奈维尔小姐既不工作又不说一句话。她父亲问为什么不赶快去向法官控诉。他提到验尸和许多在高尔斯同样不为人所知道的事。最后他想知道，那位救护受伤者的善良的勃朗多拉丘先生的乡居，是否离比爱特拉纳拉很远，他能不能亲自去探望他的朋友。

高龙芭用她素有的平静态度回答说，奥尔梭是在草莽里，有一个强盗照顾着他；如果他在知事和法官没有处置停当之前露面，会冒很大的危险；最后她说，她会安排一个老练的外科医生秘密地去照顾他。

"上校先生，"她说，"最要紧的是，不要忘记你曾听到过四响枪声，而你对我说过，奥尔梭是后开枪的。"

上校对于这类事一点也不懂，他的女儿尽叹息着，拭着眼睛。

等到一排哀凄的行列走进村庄里来的时候，天色已不早了。人们把巴里岂尼律师儿子的尸身，横放在由乡下人牵着的驴子的背上，带来给巴里岂尼律师。一大群雇工和闲人跟在这凄惨的行列之后。接着人们看见了那些老是迟到的宪兵，举起两臂不断地喊着"知事先生会怎样说啊！"的村长助理。几个妇人，其中有一个是奥尔朗杜丘的奶妈，扯着自己的头发，发出野蛮的嚎叫声。可是她们的骚扰的哀痛所给人的印象，还不及那个惹人注目的人物无声的绝望来得深刻。这便是那个不幸的父亲，他从这一具尸首跑到那一具尸首，捧起他们沾着泥土的头，吻着他们发紫的嘴唇，托起他们已经僵硬了的肢体，好像要为他们减轻路上的颠簸。人们不时地看见他张开嘴想说话，可是他并不呼号，一句话都没有。眼睛始终注视着那两具尸首。他向石头撞，向树撞，向一切碰到他的障碍物撞。

妇女的啼哭和男子的咒骂，在看见奥尔梭家的时候，格外厉害了。而几个雷比阿派的牧人，还居然大胆地发出一种胜利的欢呼，他们的敌人的激怒更是遏止不住了。"报仇啊！报仇啊！"好几个声音喊道。人们掷着石子，还有两响枪向高龙芭和她的客人坐着的客厅的窗子打来，打穿了百叶窗，木片一直射到两个女子坐着的桌子的旁边。李迭亚姑娘发出了惊呼之声，上校抓起一杆枪。高龙芭呢，在上校未及拦住她之前，一直奔到门口，猛烈地开大了门，独自站在高门槛上，伸着两手诅咒敌人：

"懦夫！"她喊着，"你们向女人，向异乡人开枪！你们还算是高尔斯人吗？你们还算是男子吗？你们这些只知道在后面暗算别人的无耻之徒，上前来啊！我向你们挑战。我只有一个人，我哥哥不在。打死我吧，打死我的客人吧，你们只配做这种事……你们不敢，你们这些懦夫！你们知道我们要复仇。去吧，像女人一样地去啼哭吧，还得谢谢我们，没要你们更多的血！"

在高龙芭的声音和姿态中，是有些威严和可怕的东西存在着；一看见她，群众便害怕地向后退去，好像是看见了高尔斯人冬夜所讲的那些怕人的故事中的恶仙女。村长助理、宪兵，还有一些妇女，趁这个机会夹到两派之间去；因为雷比阿派的牧人，已经备好了武器，一时人们很是害怕广场上会有一场混战发生。可是两方面都没有主脑，而高尔斯人就是在激怒的时候也受纪律统御，私斗的主角不在场，贸然动手的事是不大有的。况且那因成功而变得乖觉了的高龙芭又止住了手下的人：

"让那些可怜的人主啼哭吧，"她说，"让那个老头子搬了他自己的血肉进去吧。何苦杀那只没有了牙齿咬人的老狐狸呢？——优第斯·巴里岂尼！回想一下八月二日①吧！回想一下你用你那赝造者的手写过字的染血的文书夹吧！我父亲在那里记下了你所负的债；现在你的两个儿子替你偿还了。我把还债收据给了你，老巴里岂尼！"

高龙芭交叠着双臂，嘴唇边现着轻蔑的微笑；看着尸首抬进她仇人的屋子去，接着看见人群慢慢地散开了。她关上了门，回到饭厅里，对上校说：

"我替我的同乡向你道歉，先生。我从来也想不到高尔斯人会向一所有异乡人在着的屋子开枪，我为我的本乡觉得很惭愧。"

———————

① 代拉·雷比阿上校被暗杀的日子。——译者

晚上，李迭亚姑娘进卧房去的时候，上校跟了进去，问她，要不要第二天就离开这个时时刻刻有吃子弹危险的村庄，要不要趁早离开这个只看到残杀和叛乱的地方。

奈维尔姑娘沉吟了一些时候，显然，父亲的提议使她很为难。最后，她说：

"我们怎么能够在这个不幸的青年女子正十分需要安慰的时候离开她？父亲，你不觉得这在我们是太狠心吗？"

"孩子，我是为了你才说这些话的，"上校说，"如果你是在阿约修的旅舍里，平平安安的，我向你断言，不握一握那位勇敢的代拉·雷比阿的手便离开这个该诅咒的岛，我会很不乐意的。"

"好吧！父亲，再等等吧，而且，在出发之前，我们一定要为他们效一点劳。"

"你的良心真好！"上校吻了吻他的女儿的前额，"你肯这样地牺牲自己来缓和别人的不幸，我看了很快活。留在这儿吧，做好事是决不会后悔的。"

李迭亚在床上辗转反侧，不能睡着。有时，夜间那种种声音，在她听来竟像是有人要来攻袭房子；有时，定下了心，却想起了可怜的受伤的奥尔梭。想到他此时必然躺在寒冷的地上，除了受一个强盗的仁慈之外没有别的救助。她想象他满身是血，在异常的痛楚中挣扎着；奇怪的是，奥尔梭的形象每一次呈现到她心头，总是现着她所见到的他出发时的那种样子，把她送给他的护符指环紧贴在嘴唇边……接着她又想到他的勇敢。她对自己说，他所以经历刚脱身出来的那种可怕的危险，是为了她的缘故，为了想早一点看见她，他才去冒那样的危险。想到后来，她差一点就要相信，奥尔梭是为护卫她才被打伤臂膊的了。她责备着自己，因此却格外崇拜他了，而且，就算那出色的连发连中在她看来并没有像在勃朗多拉丘和高龙芭看来那么伟大，那么，在小说中她也很难找到几个英雄，碰到这样大的危险，能够这样地勇敢，这样地镇定。

她所住的就是高龙芭的房间。在一个祈祷用的橡木跪凳①上面，在一支祝福的棕榈的旁边，墙上挂着一张奥尔梭的细画像，像上奥尔梭穿着少尉的制服。奈维尔姑娘取下了这张画像，仔细地看了许久，最后没有把它挂回原处，而是放在自己床边。她一直到黎明才睡熟，醒来的时候太阳已经很高了。她看见高龙芭站在床前，静待着她张开眼来。

"呃！小姐，在我们这种简陋的屋子里，你觉得很不适意吧？"高龙芭对她说，"我怕你没有睡着。"

"好朋友，你得到他什么消息吗？"奈维尔姑娘坐起来说。

她瞥见了奥尔梭的肖像，急忙丢一块手帕过去遮住它。

"是的，我得到他的消息了。"高龙芭微笑着说。

然后，她拿起了那张肖像：

"你觉得像他吗？他人还要更好一点呢。"

"天哪！……"奈维尔姑娘羞愧地说，"我胡乱地……把这张肖像……取了下来……我有这种翻乱一切而什么也不整理好的坏脾气……你哥哥怎样了？"

"还好。乔冈多今天早上四点钟到这儿来过。他给我带了一封信来……是给你的，李迭亚小姐，奥尔梭没有写信给我。信封上固然写着给高龙芭；可是下面却写着：致N小姐……不过，做妹妹的是不会妒忌的。乔冈多说他写信的时候很痛苦。乔冈多笔下是很不错的。他请奥尔梭口述他来代笔。奥尔梭

---

①跪凳是教徒跪着作祷告用的凳子。——编者

却不肯。他是拿铅笔仰卧着写的。勃朗多拉丘为他拿着信纸。我哥哥老是想起身，可是，只要稍稍一动，臂膊便痛得受不了。乔冈多说他那样子真可怜。这就是他的信。"

奈维尔姑娘读着那封无疑是为了特别的谨慎而用英文写的信。信上这样写道：

> 小姐：

> 不幸的定命驱策着我；我不知道我的仇人将怎样地说我，他们会造出什么诽谤来。只要你不相信，小姐，那我就什么都不在乎了。自从见了你以来，我不停地为痴愚的梦想所哄骗。非要经历眼前这场不幸，我才能看出自己的痴妄。现在我的理智已经清醒。我知道等待着自己的是怎样的一种前途，对于那种前途，我只有忍耐。这个你所送我的，而我视为一种幸福的带有护身符的指环，我不敢再收留。奈维尔小姐，我怕你会懊悔将礼物送得那么不适当。或是更说得妥当一点，我怕这指环会使我回想起我痴妄的时候。高龙芭会把它交还你……永别了，小姐，你即将离开高尔斯，而我从此不能再看见你了；可是请你对我的妹妹说，我还能得到你的尊敬，而且我敢肯定地说，我是永远不会失去这一资格的。

> 奥·代·雷

李迭亚姑娘背过脸儿看这封信，用心观察着她的高龙芭，把那个埃及指环交还她，同时用一种疑惑的目光问她，这是什么意思。可是李迭亚姑娘不敢抬起头来，她悲哀地凝视着指环，把它戴在指上，接着又除了下来。

"亲爱的奈维尔小姐，"高龙芭说，"我不能知道我哥哥对你说些什么吗? 他对你说起他的健康吗?"

"真的……"李迭亚姑娘红着脸儿说,"他没有对我说起……他的信是用英文写的……他叫我去对父亲……他希望知事能够安排……"

高龙芭狡猾地微笑着, 坐到床边去, 握着奈维尔姑娘的两只手, 用她那炯炯的眼睛凝视着她:

"你可以仁慈点吗?"她对她说,"你可要写封回信给我的哥哥? 这样你将大大地加惠于他! 他的信送到的时候, 一时我竟想来唤醒了你, 可是我不敢。"

"你大错了,"奈维尔姑娘说,"如果我的一句话能够使他……"

"现在我不能送信给他了。知事已经来到, 比爱特拉纳拉已布满了他的巡丁。我们将来再看吧。啊! 如果你了解我的哥哥, 奈维尔小姐, 你会像我一样地爱他……他是那么善良! 那么勇敢! 请你想一想他所做的事吧! 独自一人, 又是受了伤, 却对付了两个人!"

知事已经回来了。村长助理派了一个专差去通知他, 他便带着宪兵和巡逻兵, 又邀了检察官, 书记和其外一行人等一同到来, 来调查这件新发生的惊人的不幸事件, 它使比爱特拉纳拉大族间的仇恨更加复杂, 或者也可以说, 使那种仇恨从此终止了。他来到之后不久, 见到了奈维尔上校和他的女儿, 他并不对他们掩饰自己的忧虑, 他担心事情是越变越坏了。

"你是知道的,"他说,"这场互斗没有证人;而那两个不幸的青年, 他们的机巧和勇敢是众所周知的, 谁都不相信代拉·雷比阿没有那两个强盗(别人说他是躲避在他们那儿)的帮助能独自个杀死他们。"

"这是不可能的，"上校喊道，"奥尔梭·代拉·雷比阿是一个非常正直的人，我可以代他回答。"

"我也这样想，"知事说，"可是检察官（那些先生们老是怀疑着的）我看是不容易听我们安排的。他手里有一张对你的朋友不利的文件。那是一封写给奥尔朗杜丘的恐吓信，信里约他去决斗，而那约会，检察官觉得是一个埋伏。"

"可是，那个奥尔朗杜丘，"上校说，"不像一个讲面子的人，他已拒绝了决斗啊。"

"这不是这儿的习惯。暗中埋伏，从后面袭杀，这才是本地的风光。不过，也有一个有利的证据，便是有一个女孩子，断言她听到过四响枪声，后面的两声比前两声更响，是从像代拉·雷比阿先生的那种粗口径里的枪里发出来的。不幸那个女孩子是一个强盗的侄女，那强盗又被人怀疑为同谋犯，别人已教好了她怎样说的。"

"先生，"李迭亚小姐脸儿一直红到耳根，插进来说，"开枪的时候我们正在路上，我们听到的枪声也是同样的情形。"

"真的吗？这一点可是很重要的。你呢，上校，你当然也注意到了吧？"

"是的，"奈维尔小姐抢着说，"我父亲是惯听枪声的，当时他说：'你听，代拉·雷比阿先生在用我的枪了。'"

"那么，你们辨出的两响枪声，的确是在后的吗？"

"是后面的两枪，可不是吗，父亲？"

上校的记性不很好，可是无论什么时候，女儿所说的话，他总是唯唯称是的。

"应该立刻去把这件事讲给检察官听，上校。此外，今晚我们等一个外科医生来检验那两具尸身，验明伤口是否是那支枪所打的。"

"那支枪是我送给奥尔梭的，"上校说，"而我希望彻底地知道它……那就是……那个勇敢的人……我幸喜那支枪在他手里，因为如果没有我的芒东枪，我真不知道他如何能脱险。"

十九

外科医生到得迟了一点，在路上他有过一次奇遇。他被乔冈多·加斯特里高尼碰到了，后者非常客气地请他去看一个受伤的人。他被引到奥尔梭那里，给他的伤口做了第一次的医治。接着强盗远远地送了他一程，和他谈到比塞的一些最著名的教授——他说他们都是他的熟朋友——这给医生留下了很深的印象。

"医生，"和他分别的时候神学学者说，"你使我抱有很大的敬意，所以我觉得不必再叮嘱你了，说一个医生应该和一个替人忏悔的教士一样地谨慎。（说这些话的时候他玩弄着枪机）想必你已经把我们相遇的地方忘记了。再会，得识先生，我是不胜荣幸。"

高龙芭恳求上校去参加验尸。

"你比谁都清楚地了解我哥哥的枪，"她说，"你出场是很有用的。况且此地坏人很多，如果没有人去维护我们的利益，我们是会遭受很大危险的。"

当独对着李迭亚姑娘的时候，她说她头痛得非常厉害，向她提议到村外去散步一会。

"新鲜空气会使我好受的，"她说，"我那么久没有呼吸新鲜空气了！"她一边走一边对她谈着哥哥；对于这个话题很感到兴味的李迭亚小姐，没有发觉她已离比爱特拉纳拉很远了。当她注意到的时候，太阳已快下山了，她要求高龙芭回去。高龙芭说她认识一条捷径，可以省去许多路。于是她离开了原来走着的小路，向一条看去不大有人走的小路走去。不久又开始攀登一座山，那座山十分险峻，她不得不常常一只手抓住树枝稳住自己的身体，一只手牵着在后面的同伴。苦苦地攀登了一刻钟，她们来到了四面乱石嵯峨的一片蔓生着桃金娘和杂树的小小高原上。李迭亚姑娘已很疲乏了，村庄还不出现，天差不多已黑了。

"亲爱的高龙芭，"她说，"你知道吗，我怕我们已迷路了。"

"不用害怕，"高龙芭回答，"尽管走，跟着我。"

"可是我对你说，你一定走错路了，村庄不会在这一面。我敢打赌，你是背道而驰了。瞧那远远的地方有一些灯火，比爱特拉纳拉一定在那一面。"

"我亲爱的朋友，"高龙芭神色紧张地说，"你的话是不错的，可是从这里再走两百步……在那个草莽里……"

"嗯？"

"我的哥哥就在那里，如果你愿意，我可以去看他，去吻他。"

奈维尔姑娘吃了一惊。

"我不为人们所注意地走出了比爱特拉纳拉，"高龙芭接着说，"因为你和我在一起……否则人们会尾随我的……和他离得这么近而不去看他……你这个能使他十分快乐的人，为什么你不和我同去看看我可怜的哥哥呢？"

"可是，高龙芭……这在我是不合适的啊。"

"我懂了。你们这些都市的女子，你们老是挂虑着合适啊，不合适啊；我们这些村庄里的女子呢，我们只想着有没有好处。"

"可是天已这么晚了！……而且你哥哥会对我作何感想呢？"

"他会想着他并没有为他的朋友所弃，这便使他有勇气吃苦了。"

"那么我的父亲呢，他会非常担心的……"

"他知道你和我在一起……哎！下一个决心吧……你今天早晨还尽看着他的肖像的。"她带着一种狡猾的微笑说。

"不……真的，高龙芭，我不敢……那儿还有强盗……"

"呃！那些强盗又不认识你，有什么要紧呢？你是希望看见他的！……"

"天哪！"

"唅，小姐，定个主意吧。把你独自个留在这里，我是办不到的，谁知道会出些什么事。或是去看奥尔梭，或是一同回村庄去……天知道我能在什么时候再看见我的哥哥……或许永远看不见他了……"

"你说什么，高龙芭？……唉！我们去吧！可是不要去久了，立刻就回来。"

高龙芭握着她的手，没有回话，立刻飞快地向前走去，李迭亚姑娘几乎跟不上她。幸亏高龙芭不久便站住了，她对同伴说：

"在没通知他们之前，不能再上前了，我们或许会吃枪弹的。"

她把两只手指放进唇里，打了一个呼哨；不一刻就听到了一只狗的吠声，那个跑在强盗前面的流动哨立刻便出来了。这就是我们的老相识勃鲁斯哥，它立刻认出了高龙芭，便来为她引路。在草莽中的狭窄的小径里拐弯抹角了许多次后，两个全身武装的人上来迎接她们。

"是你吗，勃朗多拉丘？"高龙芭问，"我哥哥在哪里？"

"就在那边！"那个强盗回答，"可是走过去的时候请轻一点，他睡着了，这还是他受伤以来第一次睡着。天哪! 这是显然的，魔鬼走得过的地方，女人也一定走得过。"

两个女子小心地走过去，看见了一盏灯，强盗们用石块在灯的四周砌起了一圈小墙，把光谨慎地遮住了；在灯的旁边，她们瞥见奥尔梭躺在一堆薇蕨上，盖着一件 Pilone。他脸色惨白，呼吸急促。高龙芭在他身旁坐了下来，合着手默默地望着他，好像在暗暗地祈祷。李迭亚姑娘用手帕掩着面，紧挨着她；可是不时抬起头来，从高龙芭的肩头望着受伤的人。

大家不声不响地坐了一刻钟。神学学者打了一个暗号，勃朗多拉丘便和他一同穿进草莽里去了，这使奈维尔姑娘大为安心，她第一次觉得，强盗们的大胡子和那一身的装束，地方色彩是太重了。

最后，奥尔梭动弹了一下。高龙芭立刻向他俯身下去，吻了他好多次，滔滔不绝地问着他的伤创、他的苦痛、他的需要。奥尔梭在回答说勉强还可以过得去之后，便问起奈维尔姑娘是否还在比爱特拉纳拉，她有没有写信给他。高龙芭是弯身在她的哥哥上面，把她的同伴完全遮住了，况且那地方又是那么黑暗，也使他难以辨认出来。高龙芭一只手握住奈维尔姑娘的手，一只手轻轻地扶起了受伤者的头。

"不，哥哥，她没有叫我带信给你……可是，你老是想着奈维尔小姐，你很爱她吗?"

"当然啦，高龙芭! ……可是她……她或许现在瞧我不起了! "

这时候，奈维尔小姐使劲想抽出手来；可是要使高龙芭放松是不容易的事，她的手虽则小而美，却具有一种力量，那种力量我们已经见过了。

"瞧不起你! "高龙芭喊道，"你做了那样的事后瞧不起你!……正相反，她说你好呢……啊! 奥尔梭，关于她，我有许多话要对你讲呢。"

那只手老是想摆脱出去，可是高龙芭把它愈来愈拉近奥尔梭。

"可是究竟为了什么不给我回信呢？"受伤的人说，"只要短短的一行，我就很快乐了。"

高龙芭拉着奈维尔姑娘的手，终于把它放在哥哥的手里。这时便大笑着突然离开。

"奥尔梭，"她喊着，"当心，不要说奈维尔小姐的坏话，因为她很懂得高尔斯话。"

奈维尔姑娘立刻缩回了她的手，喃喃地说了几句听不懂的话。奥尔梭以为自己在做梦。

"你在这里，奈维尔小姐! 天哪! 你怎么敢来的! 啊! 你使我多么幸福!"

于是，他痛苦地翻起身来，想靠近她。

"我伴着你妹妹同来的，"李迭亚姑娘说，"……这样可以使别人不疑心她到哪里去……此外，我也想……使自己放心……啊啊! 你在这儿多么不舒服!"

高龙芭坐在奥尔梭的后面。她小心谨慎地扶他起来，把他的头搁在自己的膝上。她用臂膊围抱着他的头，招手叫李迭亚姑娘过去。

"再过来点! 再过来点!"她说，"一个病人是不可以把声音提得太高的。"

李迭亚姑娘正在踌躇，高龙芭抓住了她的手，强迫她很贴近地坐下来，她的衣衫碰到了奥尔梭，而她那只一直被高龙芭握住不放的手，搁到了受伤者的肩上。

"这样很好，"高龙芭高兴地说，"奥尔梭，在这样一个美丽的夜间，露宿在草莽里，可不是很好吗？"

"哦！是呀！美丽的夜间！"奥尔梭说，"我永远不会忘记的！"

"你一定很痛苦吧。"奈维尔姑娘说。

"我并不痛苦，"奥尔梭说，"我愿意死在这里。"

他的右手移近到高龙芭一直抓住不放的李迭亚姑娘的手边。

"代拉·雷比阿先生，实在应该把你送到一个可以好好地照料你的地方去，"奈维尔姑娘说，"我将不再能熟睡了，因为现在我看见你睡得这么不适意……在露天下……"

"如果不是怕和你会面，奈维尔小姐，我早会设法回比爱特拉纳拉，也早会成为囚徒了。"

"那么，你为什么怕和她会面呢，奥尔梭？"高龙芭问。

"我没有听你的话，奈维尔小姐……就是现在我也不敢见你。"

"李迭亚小姐，你要我哥哥做什么他就做什么，你知道吗？"高龙芭笑着说，"我以后不让你来看他了。"

"我希望，"奈维尔姑娘说，"那件不幸的事将水落石出，希望你不久就可以无所畏惧……如果在我们出发的时候，我能知道你已得到公正的裁判，别人又认识了你的磊落和英武，我准会十分快乐的。"

"你出发，奈维尔小姐！不要再说这句话吧。"

"那怎么办呢……我父亲不能老是打猎的……他要出发。"

奥尔梭挪开了他的手，不再和李迭亚小姐的手相接触，一时大家都沉默了。

"嘿！"高龙芭说了，"我们不会让你们那么快地出发的。在比爱特拉纳拉我们还有许多东西要给你们看……况且你已答应了给我画一幅肖像，你还没有动手……此外我也答应为你做一篇七十五韵的夜曲……还有……可是勃鲁斯哥存叫些什么？……勃朗多拉丘跟在它后面跑着……我去瞧瞧是怎么回事。"

她立刻站了起来，不客气地把奥尔梭的头搁在奈维尔姑娘的膝上，跟在那两个强盗后面跑去了。

奈维尔姑娘这样地扶托着一个美丽的青年，在草莽之中独对着他，心头不免有点惊恐，她真不知道如何办才好，因为如果她突然地移身开去，怕那个受伤的人会痛苦的。可是奥尔梭自动离开了他妹妹刚才给他的这个温柔的依靠，用右臂支撑着身体，说道：

"那么你不久就要走了吗，李迭亚小姐？我从来没有设想，你会在这不幸的地方长久地淹留下去……然而……自从你来到此地以后，一想到要和你离别，我更百倍地痛苦了……我是一个可怜的中尉……没有前程……现在又是一个罪人……李迭亚小姐，这时候对你说我爱你真是很不适当……可是无疑地，这是我能向你说这句话的唯一机会了。我已舒了我心头之意，现在我觉得我的不幸已减少一些了。"

李迭亚小姐背转脸儿去，好像黑暗还不够掩住她的羞红似的。

"代拉·雷比阿先生，"她用一种颤动的声音说，"我会到这里来吗，如果……"

说着她把那个埃及指环放在奥尔梭的手里。接着，她使劲压制着感情，又用她惯用的揶揄的口气说道：

"代拉·雷比阿先生，你这样说是很不对的……在草莽之中，被你的强盗围着，你很知道我是决不敢向你发脾气的。"

奥尔梭预备去吻还指环给他的那只手；因为李迭亚小姐

把手缩回得太快了一点，他便坐不稳，倒身下去，压在自己的左手上。他禁不住发出一声痛苦的呻吟来。

"痛吗，我的朋友？"她扶他起来说，"这是我的过错！请你原谅我……"

他们还贴得很近地低声密谈了一些时候。那个急急忙忙地跑过来的高龙芭，看到他们还是像她离开的时候一样地偎依着。

"巡逻兵来了！"她喊着，"奥尔梭，站起来走吧，我来帮助你。"

"不用管我，"奥尔梭说，"叫两个强盗快逃……让他们把我捉去吧，我不要紧；可是得把李迭亚姑娘带走，天哪，决不能让别人看见她在此地！"

"我不会丢下你的，"跟在高龙芭后面的勃朗多拉丘说，"巡兵长是律师的干儿子，他会不拘捕你而会把你杀死，接着他会说，他是失手打死你的。"

奥尔梭试着想站起来，他甚至还走了几步，可是不久就停了下来。

"我走不了，"他说，"你们逃吧。再会吧，奈维尔小姐，把你的手拿给我拉一下，再会吧！"

"我们决不离开你！"两个女子同声喊着。

"如果你不能走，"勃朗多拉丘说，"让我来背你吧。哎，我的中尉，拿点勇气出来，我们还来得及从山溪里逃走。'教士'先生会对付着他们。"

"不，别管我，"奥尔梭说着，重新躺到地上，"天哪，高龙芭，把奈维尔姑娘带走啊！"

"高龙芭小姐，你是很有力气的。"勃朗多拉丘说，"抓住他的肩，我抓住他的脚。好！上前走吧！"

他们不管奥尔梭肯不肯，很快地把他抬了起来；李迭亚姑娘跟在他们后面，十分惊恐。忽然一声枪响，立刻又有五六响枪声回应。李迭亚小姐叫了一声，勃朗多拉丘却吐出一片诅咒，可是他加快了速度，高龙芭也学着他的样，在草莽中漫跑着，完全不顾树枝打着她的脸或是撕碎她的衣衫。

"弯下身子，弯下身子，好人，"她对她的伴儿说，"子弹要打着你了。"

这样地走了——或者不如说跑了——五百步光景，勃朗多拉丘忽然说他已气尽力竭了，他倒在地上，高龙芭劝他责备他都没有用。

"奈维尔姑娘哪里去了？"奥尔梭问。

奈维尔姑娘为枪声所惊，为草莽的丛树所阻，不久就失去了那些逃亡者的踪迹，剩下她一个人，陷于异常痛苦的状态中。

"她落在后面了，"勃朗多拉丘说，"可是她不会失踪的，女人们总是找得到的。听啊，奥尔梭·安东，'教士'拿你的枪打得很热闹。不幸天是这么黑，在黑夜里互相射击是不会有多大伤亡的。"

"嘘！"高龙芭喊道，"我听到一匹马的声音，我们有救了。"

真的，一匹在草莽里吃草的马，为枪声所惊，向他们这边走来。

"我们有救了！"勃朗多拉丘也跟着说。

对那个强盗说来，有高龙芭帮忙，跑到那匹马旁边去，抓住它的鬣毛，用一根绳子穿在它嘴里当缰绳，简直是一瞬间的事。

"现在通知'教士'吧。"他说。

他打了两次呼哨，远远一声口哨回答了暗号，于是芒东枪的巨大的声音停止了。勃朗多拉丘跳上马去，高龙芭把哥哥放在强盗的前面。强盗一只手使劲地揪住他，一只手指挥他的坐骑。那匹马虽则承受了双倍的负担，但肚子上狠狠地挨了两脚，便被激起来轻捷地驰出去，奔下那一片陡峭的山坡。如果不是一匹高尔斯的马，在这样险峭的山坡上奔驰，早已跌死一百回了。

高龙芭回身转去，使劲地呼唤奈维尔姑娘，可是竟没有一声回答……她寻找着来时所走过的路，胡乱地走了一会，之后，在一条小路上碰到两个巡逻兵，向她喊道："谁在那儿？"

"呃！诸君，"高龙芭用一种讥讽的口气说，"闹到一天星斗了。打死了几个人啊？"

"你是和强盗在一起的，"一个兵说，"你得跟我们走。"

"乐于从命，"她回答，"可是这儿我还有一个朋友，得先把她找到了。"

"你的朋友已经抓住，你们今夜都要睡到牢里去。"

"牢里？瞧着吧。可是现在把我带到她那边去吧。"

巡逻兵们把她带到强盗们屯驻过的地方。在那里，他们收集了他们远征的战利品，这就是盖在奥尔梭身上的 Pione、一只旧锅子、一个盛满水的水瓮。奈维尔姑娘也在那里，她碰到了巡逻兵，吓得半死，他们问她强盗有几人，向哪个方向逃的，她只是啼哭而已。

高龙芭投到她的怀里，附耳对她说："他们已经逃走了。"

接着，她向巡兵长说："先生，你可以看出，你所问她的事她一点也不知道。让我们回村去吧，有人在那里不耐烦地等着我们。"

"会把你们带去的，比你们所希望的还快，我的人儿，"那巡兵长说，"你们还得作出解释，这种时候你们在草莽里和那些刚逃走的强盗干些什么。我不知道那些无赖闹了些什么鬼把戏，可是他们一定使女子们着了魔，有强盗的地方，总是有漂亮女子。"

"你是漂亮人，巡兵长先生，"高龙芭说，"可是请你说话留神些。这位小姐是知事的密友，不该和她去饶舌的。"

"知事的密友！"一个巡逻兵轻声对他的头目说，"真的，她戴着一顶帽子。"

"帽子算不了什么，"那巡兵长说，"她们两个都和本地的大骗子'教士'在一起，我的责任是把她们带走。真的，我们在这里没什么事要做了。如果没有那个该死的都班下士……那个法国醉鬼，在我把草莽围好之前就露了面……如果没有他，我们早把他们一网打尽了。"

"你们是七个人吗？"高龙芭问，"诸位，你们要晓得，如果碰巧保里三兄弟——冈比尼、沙罗岂和代奥陀尔——同勃朗多拉丘和'教士'一起在圣女克丽丝丁十字架边，他们准会给你们一点颜色看呢。如果你要和'乡野司令'①谈话，我愿意让开。黑夜里子弹是不认人的。"

高龙芭提起和那些厉害的强盗相遇的可能性，好像在那些巡逻兵的心头起了作用。巡兵长一边咒骂着都班下士，那个狗法国人，一边发了收队的命令，于是他那支小小的队伍，便带着 Pilone 和锅子，取道向比爱特拉纳拉而去了。至于那个水瓮，已被一脚踢破。一个巡逻兵想抓住李迭亚小姐的臂膊，可是高龙芭立刻推开了他，说道：

"谁都不准碰她一下！你们以为我们想逃吗？哦，我的好李迭亚，靠着我，不要像孩子一样地啼哭。我们碰到了一个

---

① 这是代奥陀尔·保里自称的头衔。——作者原注

奇遇，可是它的结果不会坏的。半小时之后我们就可以吃晚饭了。在我说来，是非常希望能这样的。"

"别人不知道会对我如何设想呢？"奈维尔姑娘低声说。

"别人想，你是在草莽里迷了路，如此而已。"

"知事会怎么说呢？……尤其是我父亲，他会怎样说呢？"

"知事吗？……你可以回答他，请他管他自己的事就是了。你父亲吗？……照你对奥尔梭谈话的样子看，我想你已经有对父亲说的话了。"

奈维尔姑娘紧紧地抓住了她的臂膊，没有回答。

"可不是吗？"高龙芭在她耳边低声说，"我的哥哥是值得爱恋的。你不是有点爱他吗？"

"啊！高龙芭，"奈维尔姑娘虽则惊恐失措，还是微笑了一下，"我那么相信你，你却卖了我！"

高龙芭一手搂住了她，吻着她的前额。

"我的小妹妹，"她很轻地说，"你能原谅我吗？"

"怎么能不原谅呢，我的厉害的姐姐。"李迭亚还吻着她回答。

知事和检察官住在比爱特拉纳拉的村长助理家里，上校为自己的女儿十分担忧，不断地去向他们问消息，恰好，巡兵长派了一个巡兵先来报信，对他们讲了那一篇攻强盗的剧战的经过，那场剧战固然没有死伤，却缴获了一只锅子、一件 Pilone，还抓到两个少女，这两个少女，据他说，是强盗的情妇或是奸细。这样通报过之后，两个女俘虏便也到了。四面围着她们武装的扈从，高龙芭的满面春风，她的伴侣的羞态，知事的惊奇，上校的快乐和惊愕，这些你们都是可以想象的。检察官想把那可怜的李迭亚审问一下，使她狼狈失措才甘心。

"我觉得，"那知事说，"她们都可以释放，两位小姐一定是出去散步。这样好的天气，出去散步是很自然的事。她们偶然碰到了一个可爱的受伤的青年，也是很自然的事。"

接着，他把高龙芭拉到一边，说：

"小姐，你可以通知你的哥哥，说事情已有了好的转机。尸首的检验，上校的证言，都证明他只不过是还击，证明他在动手的时候只有一个人。一切都将安排停当，可是他应该赶快离开草莽，前来到案。"

等到上校、他的女儿和高龙芭对着一桌冷菜就席吃晚饭的时候，差不多已是十一点钟了。高龙芭胃口很好，一边还嘲笑着知事、检察官和巡逻兵。上校一言不发地吃着，老是望着他的不敢从菜碟上抬起头来的女儿。最后，他用一种温和的但是郑重的口气问：

"李迭亚，"他用英国话对她说，"那么你已和代拉·雷比阿订婚了吗？"

"是的，父亲，从今天起。"她红着脸回答，但是口气很坚决。

接着她抬起眼睛来，看见父亲的脸上毫无怒意，便投身到他的怀里吻着他，像有教养的姑娘在这样的情形中所应做的那样。

"那很好，"上校说，"他是一个好青年，可是天哪，我们决不能住在他这种该死的地方！否则我便不同意。"

"我不懂英国话，"用一种非常好奇的目光望着他们的高龙芭说，"可是我敢打赌，我已经猜出了你们所说的话。"

"我们说，"上校回答，"要带你到爱尔兰去做一次旅行。"

"是的，我很愿意，那时我将成为高龙芭小姑了。停当了吗，上校？我们击掌表示同意好吗？"

"在这种情形中，是要互相接吻的。"上校说。

二十

从那次连发连中，使比爱特拉纳拉全村如报上所说陷于惊愕之中以来，已经过去了好几个月。一天下午，一位左手缚着吊绷带的青年人，骑着马出了巴斯谛阿，向加尔多村进发。加尔多村是以泉水出名的，夏天它将甘洌的水供给城里高雅的人们。一位身材颀长、容颜美丽的青年女子伴着他；她骑着一匹小小的黑马，有眼光的人会赞赏那匹马的气力和风度，不幸它的一只耳朵过去却因一件奇怪的意外事被割碎了。到了村上，那位青年女子轻轻地跳下马来，先帮助同伴下了马，然后，把系在同伴马鞍架上的几只不很轻的皮包卸了下来。马则交给一个乡下人去看管，接着那女子负着用披巾遮住的皮包，那青年男子背着一杆双响枪，取道向山间而去；他们走着一条峻峭的小径，那条小径不像是通到任何人家去的。到了盖尔旭山的一片高坡上，他们站住了，两人都在草上坐了下来。他们好像在等候什么人，因为他们的眼睛不停地向山间转望着，那位年轻的女子还时常看着一只漂亮的金表，为的是看约会的时候有没有到，或许同时还想鉴赏鉴赏这件她新得到的珍饰。他们等了没有多久，一只狗便从草莽间钻了出来。它听到青年女子喊着勃鲁斯哥的名字，便急忙跑过来和他们亲热。不久又出现了两个一脸胡子的男子，他们臂下挟着长枪，身上缠着弹囊带，腰边佩着手枪。那打满补丁的破衣裳，和他们的由大陆名厂所制造的亮光闪闪的枪支，恰好形成一个对照。这一幕中的四个人物，虽则看去地位不同，却像老朋友似的亲密地招呼着。

"奥尔梭·安东,"年岁较长的那个强盗向青年男子说,"现在你的事已结束了,作出了不起诉的裁定。我向你道贺。可惜律师已不在岛上了,我不能看见他那发狂的样子,真有点不快意,你的臂膊怎么样了?"

"他们说在半个月之后,"青年男子说,"我就可以解去吊绷带了。勃朗多拉丘,我的好人,明天我就要出发到意大利去了,我想向你和'教士'先生握别。这就是我请你们到这里来的缘故。"

"你真太性急了,"勃朗多拉丘说,"昨天才了清宿债,明天就要走吗?"

"有事情要做啊,"青年女子快乐地说,"诸君,我带了点东西来请你们:请吃吧,还请不要忘记了我的朋友勃鲁斯哥。"

"你把勃鲁斯哥宠坏了,高龙芭小姐,可是它是知恩的,你瞧着。喂,勃鲁斯哥,"他把枪平平地举起来,"为巴里岂尼家跳一下。"

那只狗一动也不动,舐着自己的嘴,望着它的主人。

"那么为代拉·雷比阿家跳一下吧!"

它立即高高地跳了起来,比枪还高两尺。

"听着,我的朋友们,"奥尔梭说,"你们干的不是好事;将来如果不是在那边我们所看见的那块空场上①断送了生命,最好的下场也就是在草莽里中了一个宪兵的子弹死去。"

"呃,"加斯特里高尼说,"这总也不过一死而已,而且比起躺在床上害热病而死,听着你的承继人真诚的或是不真诚的啼哭,这种死法还要好一点。像我们这样过惯了旷野生活

---

① 巴斯谛阿城的刑场。——作者原注

的人,除了如我们村子里的人所说的'死在自己的鞋子里'之外,是没有再好的死法了。"

"我希望你们离开这个地方,"奥尔梭又说,"过一种比较平静的生活。譬如你们为什么不像你们的许多伙伴一样,到沙尔代涅①去安身呢? 我可以帮助你们。"

"到沙尔代涅去!"勃朗多拉丘喊道,"Istos Sardos!②让魔鬼把他们和他们的土话一同带走吧。和他们在一起真太糟了。"

"在沙尔代涅没有糊口的方法,"神学学士补充说,"我呢,我瞧不起那些沙尔代涅人。他们有一队专事搜捕强盗的马队;那真教强盗和老乡看了一齐笑话③。他妈的沙尔代涅! 代拉·雷比阿先生,你是一个有眼力有知识的人,你尝过了我们草莽生活的味儿,还会不接受我们的生活,那真使我惊奇呢。"

"可是,"奥尔梭微笑着说,"虽则我曾有幸得和你们共食,我并不很能领略处于你们那种地位的逸趣;而且,一想到我像一个袋子似的被横放在一匹没有鞍子的马上,我的朋友勃朗多拉丘骑着这匹马,在一个可爱的夜间奔驰,我的腰还会感到酸痛。"

"那么,那逃脱了追赶的快乐,"加斯特里高尼说,"你难道不把它当作一回事了吗? 像我们这样,在一个美丽的地方,享有绝对的自由,对于这种逸趣你怎么会漠然无所动呢? 有了这个防卫具(他指着他的枪),在弹丸能到达的范围,我们到处是南面之王。我们发号令,我们除暴安良……先生,这是

---

① 沙尔代涅(Sardegna, 英译名 Sarinia),今一般译撒丁。地中海中第二大岛,属意大利,北隔博尼法乔海峡与科西嘉岛相望。——编者
② Istos, Sartos 意为"那些沙尔代涅人啊!"沙尔代涅人从罗马时代就有坏名声了。"那些沙尔代涅人啊!"是一种轻鄙的感叹辞。——译者
③ 这种对于沙尔代涅的批评,我是从我相识的一个归正的强盗那里得来的,言责当由他独负。他的意思是说,那些让骑兵捕获的强盗是傻子,那些骑着马追强盗的马队简直没有碰到强盗的机会。——作者原注

我们舍不下的一种很道德的又很有趣的行乐。当一个人比吉诃德先生①更聪敏，武装得更好的时候，还有什么生活比浪游骑士的生活更美呢？请你听这么一件事，有一次，我得知小丽拉·露伊姬的叔叔（他简直是一个老守财奴）不肯给她嫁妆，我便写了一封信给他，并没有恐吓的话，因为我不是那样的人；呃，他立刻醒悟了，把侄女嫁了出去。我一下便使两个人得到了幸福。相信我的话吧，奥尔梭先生，强盗的生活是什么都比不上的，嘿！如果没有某一个英国女子，你或许会入我们的伙了。那位英国女子我只瞥见过一眼，可是在巴斯谛阿大家都叹赏地谈论着她。"

"我未来的嫂子不欢喜草莽，"高龙芭笑着说，"她在那里很厉害地受过惊。"

"那么，"奥尔梭说，"你们是决意要留在此地了？好吧，告诉我，我能替你们做点什么吗？"

"没有什么，"勃朗多拉丘说，"只要你稍稍保留一点对于我们的记忆就够了。你待我们已经太好了。现在岂里娜已有了一笔陪嫁，用不到我的朋友'教士'写没有恐吓话的信，便可以好好地把她嫁出去了。我们知道，你的佃户会在我们需要的时候给我们面包和火药。行了，再会吧。希望有一天在高尔斯再看到你。"

"在紧急的时候，"奥尔梭说，"几块金币是很有用的。现在我们是老朋友了，请你们哂纳了这点钱。你们可以用它来置备弹药。"

---

① 吉诃德先生（don Quichotte），西班牙赛尔房德斯（Cervantes）杰作《吉诃德先生》之主角。——译者（赛尔房德斯今一般译作塞万提斯，1547—1616。《吉诃德先生》今译作《堂吉诃德》，是欧洲最早的优秀现实主义长篇小说。写穷贵族堂吉诃德阅读骑士小说入迷，带侍从桑丘·潘沙出门行侠，企图以理想化的骑士精神改造社会。他痛恨专横残暴，主持正义，但耽于幻想，脱离实际，结果在现实面前四处碰壁，最后终于醒悟。——编者）

"我们之间不要有金钱的关系，我的中尉。"勃朗多拉丘坚决地说。

"在社会上，金钱是万能的，"加斯特里高尼说，"可是在草莽里呢，需要的只是一颗勇敢的心和一支打得响的枪。"

"不给你们留下一点纪念品，"奥尔梭说，"我是不愿离开你们的。哎，我送你点什么呢，勃朗多拉丘？"

强盗搔着头，斜斜地望着奥尔梭的枪：

"哎，我的中尉，如果我敢……不，你放不下手的。"

"你要什么？"

"没有什么……没有什么……还得有使用的本领。我老是想着那独只手的连发连中……哦！这是不会再发生一次的。"

"你要这支枪吗？……我是带了它来送你的，可是请你越少用它越好。"

"哦！我不预先对你说，我能像你一样地使用它，可是，放心吧，我决不会丢了它的。如果有另一个人得到了它，你便很可以说：勃朗多·沙凡里已经归天了。"

"那么你呢，加斯特里高尼，我给你点什么呢？"

"既然你一定要送我一点物质的纪念品，那么我也就老实不客气了，请你寄一本《何拉斯集》给我，开本越小越好。它可以给我做消遣品，又可以使我不至于忘记了我的拉丁文。巴斯谛阿码头上有一个卖烟的小姑娘，你把书交给她，她会转交给我的。"

"学者先生，你可以得到一本爱尔赛维尔①版的，恰巧在我要带走的书里有这样的一本书。——好吧！我的朋友们，我

---

① 爱尔赛维尔（Elzevir）荷兰著名的印刷家，他们的美丽的版本发行于一五八三年至一六八〇年之间。他们的名声卓著，因为他们印刷的古典名著的缩版本又美又没有错误。西洋人之重视爱尔塞维尔版书，正如我们之重视宋版书。——译者

们应该分别了。握一握手吧。如果你们有一天想到沙尔代涅去，请写信给我就是了。N律师会把我在大陆上的通讯处告诉你们。"

"我的中尉，"勃朗多说，"明天当你出港的时候，请你望一望山上这个地方；我们将在这里，我们将用我们的手帕向你打招呼。"

他们便分别了，奥尔梭和他的妹妹取道向加尔多而去，强盗们则取道向山间去。

二十一

在一个可爱的四月之晨，陆军上校托马斯·奈维尔爵士、他的结婚没有几天的女儿、奥尔梭，还有高龙芭，驾着轻车出了比塞城去寻访一个新发掘出来的爱特鲁里①的古迹，那是来这里的异国人都要去看的。下到古迹里面之后，奥尔梭和他的妻子拿出了他们的铅笔，开始摹绘起古迹的壁画来；可是上校和高龙芭两人对于考古学都是毫无兴趣的，便离开了他们，到附近去散步。

"我的好高龙芭，"上校说，"我们是没有可能回比塞去吃中饭了。你饿了吗？奥尔梭和他的太太现在是埋头在古迹之中，他们一起画起图画来，是没有完结的时候的。"

"是呀，"高龙芭说，"然而他们却连一片画屑也没带回来过。"

"我想，"上校继续说下去，"我们不妨到那边那个小农庄去。我们可以在那里找到面包，或许还有甜酒，谁知道呢，或许还会有乳酪和莓子。如果是这样，我们便在那里耐心地等候我们的画家。"

"你说得不错，上校。一家人之中只有你和我是有理性的，如果我们做了这两个生活在诗意中的情人的牺牲品，那可太糟了。让我挽着你的手臂吧。我可是大大进步了？我挽着男人

---

① 爱特鲁里（Etrurie）是意大利的极大的民族。——译者（爱特鲁里，今一般译伊特鲁里亚人，意大利的古代民族，与罗马人、希腊人、日耳曼人和阿拉伯人等长期结合，形成今天的意大利人。——编者）

的手臂，我戴起了帽子，我穿着时式的衣衫；我有首饰；我学会了不知道多少漂亮的事情；我现在已经绝对不是一个野蛮的女子了。瞧我披着这条肩巾，风度如何……那个金色头发的人，那个来吃喜酒的你下面的军官……天哪！我记不起他的名字了，那个我一拳便可以打倒的生着卷发的高大的人……"

"戚特吴士吗？"上校说。

"不错，正是他！可是我永远念不出这个音来。呃！他像发狂一般的恋着我。"

"啊！高龙芭，你已变得很会弄情的了。我们不久又可以吃喜酒了。"

"你是说我嫁人吗？那么，如果奥尔梭给我养了一个侄儿，谁教养他呢？谁教他说高尔斯话呢？……是呀，他将说高尔斯话，我还要给他做一顶尖帽子，叫你看了发脾气。"

"先等你有一个侄儿吧；那时，如果你愿意，你还可以教他使短刀。"

"永别了吧，那些短刀，"高龙芭高兴地说，"现在，我手里有一把扇子，如果你说我们家乡的坏话，我便会用它来打你的手指了。"

这样闲谈着，他们走进了农庄。在那里，他们找到了酒、莓子和乳酪。在上校喝着甜酒的时候，高龙芭帮着农家女去采莓子。在一条小径的拐角上，高龙芭瞥见了一个老人，他坐在一张草椅上晒太阳，好像害了病，脸颊和眼睛都陷了下去，瘦得厉害，那寂然不动的神态，惨白的脸色，凝滞不动的目光，都使他像一个尸体，而不像一个活人。高龙芭十分好奇地凝望了他几分钟，她的好奇的目光引起了那农家女的注意。

"这个可怜的老人，"她说，"是你们的同乡，小姐，因为我听你说话的声音，辨出你是高尔斯人。他在本乡遭受了很大的不幸事，他的儿子们死得真惨。别人说——小姐，请你原谅——你的同乡人是睚眦必报的。因此这位只剩下一个人的可怜的先生，便到比塞来，寄住在他的一个远亲家里。这位远亲便是这个农庄的主人。因为过分的不幸和哀伤，这位老先生有点神经错乱了！……这在不时有客来的太太是不方便的，所以她把他送到这里来。他很温和，并不麻烦别人，每天说不到三句话。可是他的头脑已经不清楚了。医生每礼拜来看他，说他是不久于人世了。"

"啊！他已没有希望了吗？"高龙芭说，"在这种情形下，死了倒是福气。"

"小姐，你该和他去谈几句高尔斯话，或许听到了乡音他会快乐一点。"

"那倒是不一定的。"高龙芭冷冷地笑着说。

她向老人走过去，一直到她的影子遮住了他。这时那可怜的白痴便抬起头来，定睛望着高龙芭。高龙芭也同样地望着他，始终微笑着。一刻之间，他把手放到了前额上，把眼睛闭上了，好像想躲避高龙芭的注视。接着他又把眼睛张开了，张得非常地大，嘴唇颤动着，他想伸出手来，可是被高龙芭慑住了，便好像被钉住似的呆坐在椅子上，既不能说，又不能动。最后，他的眼睛里滚下了几滴很大的眼泪，胸间发出了几声呜咽。

那个农家女说："我还是第一次看见他这个样子呢。"接着她对那老人说，"这位小姐是贵处的人，她是来看你的。"

"仁慈点吧！"那老人嘎声说，"仁慈点吧！你还没有满意吗？那张我烧了的纸……你怎样看出来的？……可是为什么要了我两个呢？……奥尔朗杜丘，你不会看出什么来和他为难的……应该剩一个给我啊……只要剩一个……奥尔朗杜丘……纸上是没有他的名字的……"

"我两个都要，"高龙芭用高尔斯方言低声对他说，"枝干已斩下了，而且，如果根还没有腐烂，我也会拔了它的。喂，别哀诉了吧，你受苦不会很久了。我呢，我却痛苦了两年！"

老人喊了一声，头垂到胸前。高龙芭转过身去，慢慢地走回去，唱着一支 ballata 里的几句不可解的句子："我要那开过枪的手，那瞄准过的眼，和那盘算过的心……"

在农家女忙着去救护老人的时候，高龙芭神色兴奋，双眼闪着光，在上校对面坐下来就食。

"你怎么啦？"他问，"我觉得你的神色很特别，像那天在比爱特拉纳拉，我们在吃饭，别人向我们射过子弹来的时候一样。"

"那是因为高尔斯的回忆又来到我脑里的缘故。可是现在已经完了。——我要做干妈了，可不是吗？哦！我将给他取几个非常漂亮的名字：季尔富丘—多马梭—奥尔梭—莱奥纳！"

这时，那农家女回来了。

"哎！"高龙芭很镇静地问，"他是死了呢，还只不过是晕倒了？"

"不要紧的，小姐；可是你的目光竟会使他这样，这真奇怪。"

"医生说他不会活很久了是吗？"

"或许两个月都不到吧。"

"这不会是一种大损失吧。"高龙芭说。

"你在说些什么鬼东西？"上校问。

"我在说一个寄住在此地的我们家乡的白痴，"高龙芭若无其事地说，"我要常常差人来打听他的消息。——可是，奈维尔上校，剩点莓子给我的哥哥和李迭亚吧。"

　　高龙芭出了农庄上车去的时候，农家女追望了她一些时候。对她的女儿说："你瞧这位姑娘长得多漂亮，呃! 可是我断定她是生着毒眼的。①"

---

　　① 毒眼（le mauvais oeil 即英文 the evil eye）是西洋人的一种迷信。他们相信长毒眼的人们，有一种看了之后就注给人厄运的能力，他们的眼睛有一种魔力，而这种毒眼，据说是世代相传的。——译者

编后记

普罗斯贝尔·梅里美（1803—1870）是十九世纪法国文学史上有独到成就的一位批判现实主义作家。他出身于巴黎一个画家的家庭，自幼深受启蒙思想的影响和艺术气氛的熏陶，早年曾攻读法律，具有广博的历史文化知识和精深的艺术素养。十九世纪二十年代中期走上创作道路，先后发表过戏剧、诗歌、小说等多种体裁的文学作品，而在中短篇小说领域里表现出特异的才能写出了《马特奥·法尔高纳》《塔曼果》《攻堡记》《高龙芭》《伽尔曼》（一译《卡门》，曾被改编为歌剧）等许多名篇。他的作品，大多具有强烈的反封建精神，洋溢着追求个性解放的激情；对于当时刚刚确立的资本主义关系，对于资产阶级的风俗人情，也在一定程度上进行了揭露和批判。但作者至第二帝国时代，思想与保守派日益接近，作品的现实意义有所削弱。

梅里美的创作具有鲜明的艺术个性。作品往往取材于远方异域，喜欢描写强悍的、不平凡的个性和震撼人心的事件，正面人物则每每被赋予勇敢、淳朴、粗犷、酷爱自由、轻生重义乃至桀骜不驯等性格特点。通过对这些多少带有原始气息的人物的肯定和赞赏，作者曲折地表现了自己对于虚伪、灰暗的资本主义现实的否定。在艺术上，他的作品结构严谨，文字洗练，笔调幽默、冷静，刻画精细入微，叙事明快流畅，以精致和娴熟的艺术技巧著称。

《高龙芭》发表于1840年，与作者的另一中篇《伽尔曼》一起，被认为是作者的顶峰之作。《高龙芭》展示了在十九世纪文学中一个不多见的女性形象。她感情炽烈、豪爽正直,蔑视上层社会的"体统",无视统治阶级的法纪;她有胆有识,敢作敢为,在生活中出色地导演了一出惊心动魄的戏剧;她不仅远远高出于村长这一类封建遗孽之上,使一些深受资产阶级文明熏陶的人物相形之下黯然失色。

这个姿容秀丽而又尚未完全开化的山地少女,鲜明地体现了作者的美学理想。作品以有浓烈血腥味的复仇故事为主线,穿插以缠绵缱绻的爱情描写,情节曲折有致,布局周密紧凑,在精炼的篇幅中,塑造了五六个个性鲜明、栩栩如生的人物形象,有使人不忍释卷的魅力,充分显示了梅里美精湛的艺术技巧。1843年12月,梅里美因此篇小说被选入法国国家学院。

本书译者戴望舒(1905—1950)是我国"五四"以来的著名诗人和文学翻译家。早年曾游学法国。他的译笔严谨优美,在文学译坛上独树一帜。据了解,他是我国介绍《高龙芭》和《伽尔曼》的第一人。但目前国内读过他的译作的人已经不多。1981年4月,我们征得译者家属同意,特根据中华书局1935年初版本重印此书。再版时,校正了原版中的一些错字,对译文作了某些技术性的整理,更换了个别注释,并增加了若干注释。此次,根据读者的需求,我们再次重版此书,并把它列入我社出版的《外国文学经典阅读丛书》之中,以满足喜爱法国文学的读者之需。

图书在版编目（CIP）数据

高龙芭 /（法）梅里美著；戴望舒译. –– 南昌：
百花洲文艺出版社,2014.5
（外国文学经典阅读丛书.法国文学经典）
ISBN 978–7–5500–0920–2

Ⅰ.①高… Ⅱ.①梅…②戴… Ⅲ.①中篇小说–法
国–近代 Ⅳ.①I565.44

中国版本图书馆CIP数据核字(2014)第072422号

高龙芭

[法]梅里美　著

戴望舒　译

出 版 人	姚雪雪
责任编辑	王俊琴
美术编辑	彭　威
制　　作	张诗思
出版发行	百花洲文艺出版社
社　　址	南昌市红谷滩世贸路898号博能中心A座9楼
邮　　编	330038
经　　销	全国新华书店
印　　刷	江西千叶彩印有限公司
开　　本	787mm×1092mm　1/16　印张　10.5
版　　次	2014年9月第1版第1次印刷
字　　数	250千字
书　　号	ISBN 978–7–5500–0920–2
定　　价	17.00元

赣版权登字　05–2014–115

邮购联系　0791–86895108
网　　址　http://www.bhzwy.com
图书若有印装错误，影响阅读，可向承印厂联系调换。